追放された聖女が聖獣と共に荒野を開拓して建国！
各国から王子が訪問してきます。なお追放した国はその後……

如月ぐるぐる
Guruguru Kisaragi

Regina

RB
レジーナ文庫

ロザリー
イノブルク王国フレデリック王太子に
婚約破棄された元聖女。
無実の罪を着せられ、
ゴスライン荒野に追放される。
明るく正義感の強い性格。
オードスルス
荒野で出会った水の精霊。
無邪気な性格で
ロザリーとコンティオールを
親のように慕っている。
コンティオール
元々はロザリーが拾ってきた猫だが、
聖なる力で聖獣となった。
ロザリーを主として付き従う。

登場人物紹介
MAIN CHARACTER
フレデリック王太子
イノブルク王国の王太子。
思慮が浅く、ロザリーの名声を妬む。
マクシミリアン王太子
隣国ハーフルト王国の王太子。
外見も中身もイケメン。
ロザリーと友好関係を結ぶ。
エルボセック
大地の精霊。
ロザリーとオードスルスを
孫のように可愛がる。

目次

追放された聖女が聖獣と共に
荒野を開拓して建国！

各国から王子が訪問してきます。なお追放した国はその後……

プロローグ　婚約破棄と国外追放ってセットですか？

「ロザリーは他国と共謀し、イノブルク国を我が物にしようとしている！　ロザリーを追放するべきだ！」

フレデリック王太子が私を指差して、声高らかに言い放った。

今は国の重鎮が集まる、年に二回しかない会議の真っ最中。その席で王太子は、ロザリーを追放すべきだと言ったわ。ロザリーって私よね？　私って他国と共謀してたの？

場内はざわめき、私と王太子を交互に見て、一体何があったのか、と困惑している。

それはそうよね、本人である私が知らないんだもの、一体どういう事なんだろう。

「フレデリック王太子、聖女ロザリーが他国と共謀したというのは本当ですか？」

やっと公爵が聞いたけど、私も聞きたい。

他の人達も同じで、今まで騒いでた出席者が静かになって聞いている。

「本当だ、コレを見てくれ。ロザリーは国を裏切ったのだ。聡明な諸侯ならば、これを見れば裏切り者であるとすぐにわかるだろう」

王太子から渡された紙には、私の数々の悪行が書かれている。

その証拠も一緒に書いてあって、私ってこんな事したんだーと、感心してしまった。

あ、もちろん私はそんな事してないからね。

「コレが本当ならば、死刑が順当です。フレデリック王太子、追放ではなく処刑すべきでは」

「え？　い、いやいや公爵、ロザリーには聖女としての功績がわずかだがあったのだ。その功績に免じて罪を軽減し、追放するくらいが適当だろう」

「追放？　時に王太子、以前あなたは聖女ロザリーの名声と功績に嫉妬しておられたが、その意趣返しではありますまいな？」

「な！　何を言っているのだ、公爵！　わ、私がそのような事で国益を損なうと思っているのか⁉　嘆かわしい！」

「では、なぜ追放などと中途半端な処罰になさるのですか？」

「それは彼女の行く先をゴスライン荒野にしようと考えているからだ」

ゴスライン荒野は雑草すら生えない死の大地だ。あんな所に行かされるなんて死刑を言い渡されたのと同じだ。

どうしてこうなったんだろう。

そういえば、今年に入ってからはフレデリック王太子とまともに話をしていないな。

十歳で聖女になってスグにフレデリック王太子と婚約して四年。数年後には結婚式を挙げるはずだったのに。

「聖女ロザリー、さっきから黙っているが、何か反論はないのか？」

さっきの公爵が話を振ってきた。言いたい事はたくさんあるけど、どれから話そうか。

「そうですね。まず、私は国を裏切ってなどおりません。今まで国のために誠心誠意尽くしてきたつもりです」

「嘘をついても無駄だ！　ここに全ての証拠が揃っているのだからな！」

フレデリック王太子は手元に戻した紙を叩き、私を問い詰める。

「お前が裏切っていないと言うなら、ここに書かれている事は全て違うと証明してみせろ！」

やっていない事を証明するって、どうしたらいいの？　その時間に何をしてたとか会った人とか、一々覚えていないわよ。

「できないのならお前の罪は確定だ！　さっさと国から出ていくといい！」

王太子にそう言われた翌日、私は聖女の装束を奪われ、町娘の格好で街を追い出された。

私の薄い栗色の髪は肩にかかる程度で少しくせ毛、背丈は百四十センチメートルほどで細身の体、五歳頃から聖女候補として神殿で育てられたにしてはノンキとよく言われる。

世間知らずの私に、ゴスライン荒野で生きていく術《すべ》などあるはずがない。

一応は死刑ではなく追放だから、身の回りの物くらいは持っていってもいいみたい。

数名の兵士に連れられて、ゴスライン荒野に入ってしばらくの場所で打ち捨てられた。

何ここ……本当に何にもないじゃない。砂漠じゃないけど、あるのは岩と硬い地面。サボテンもないのね。それにしても太陽が熱い。何とか大きな岩を見つけて日陰に入る。

「こんな場所じゃ生きていくのは無理ね。実質死刑って本当だったんだ」

地面に座り込んで、水筒の水を飲む。

食料は一日分しかないから、明日の夜には食べ物がなくなる。節約をしても……ここで食料なんて手に入らない。

私、ここで干からびて死んじゃうのかな。日中は体力を温存して、夜になったら何かないか探しに行こう。

悩んでいるうちにすっかり日が沈み、昼間とは打って変わって寒いほどだった。

「ううっ、暑いって聞いてたから、上着なんて持ってきてないよ」

イノブルクの王都の方を見ると、遠くで街灯りが輝いてる。

歴史のある国で聖女になるのは大変だったけど、追放されるのは簡単なのね。仕来《しきた》りを気にしなくていいのは助かるけど！

腕をさすりながら歩き回るけど、どこまで行っても同じ景色しか見えない。

星を頼りにすれば方角はわかるけど、戻っても無駄だろうし、今は進むしかないか。

私は皓々《こうこう》と輝く月の下、たった一人で歩き始めた。

第一章　国家建設は聖獣と精霊と共に　～街作りと訪問客～

夜の荒野を一人で歩く私の後に、狼の群れが静かについてくるのに気がついたのは、逃げ場がなくなってからだった。

「え⁉　何？　何なのコレ！」

一匹の狼が遠吠えを上げたため、驚いて振り向く。狼は半円状に私を囲んでいる。

十頭くらいかな、じわりじわりと距離を詰め、後ずさる私をゆっくりと追い詰める。

この距離だと走っても逃げられない。そもそも速さが違いすぎるから、距離があっても逃げられない。頭が混乱してくる。

どっ、どうしたらいいの？　私の足じゃ逃げられないから、狼がどっか行かないかな。

「しっ！　しっしっ！」

手で追い払ったけど、そんな事で狼が諦めるはずもなく、私は腰を抜かしてへたり込んでしまった。やだよぅ……こんな所で死にたくないよぅ……やってもいない罪で追い出されて狼のエサになって死んじゃうの？

大体聖女って何よ！　もう神様のバカ！　一生懸命お祈りしたじゃない！　その結果がコレ⁉　バカバカ！　神様なんてもう信じない！

突然、目の前に光の柱が現れた。

この光は聖なる光……神様？　神様が私を助けてくれるの？　バカって言ってごめんなさい！

細かった光の柱は徐々に太くなり、かなり太くなった後、唐突に消えた。

あれ？　これだけ？　助けてくれるんじゃ……あ。

「コンティオール！」

（見つけたぞロザリー。こんな所で泣きべそをかいているとはな。お前をからかうネタができた）

「こんな状況で泣くのは仕方がないでしょ！　いいから助けて！」

現れたのは獅子《しし》の聖獣、コンティオールだ。純白の体毛に純白のたてがみ。高さは二メートルほど、体長は四メートルほどある、大型のライオンだ。

（ふっふっふ、それでは頭ナデナデをたくさんしてもらわないと割に合わないな）

「どれだけでもするから！　今は助けてよ！」

（承知！）

コンティオールが現れた事で、狼の群れは後ずさりした。けれど、コンティオールがひと睨《にら》みすると全ての狼が動きを止めた。彼は悠々と狼に近づく。

そして情け容赦なく首の骨をかみ砕き、私のもとに全ての狼の死骸を持ってくる。

（これでしばらくは食料に困らないな）

「え？　コレを食べるの？」

（もちろんだ。さあ、頭を撫《な》でてくれ）

私の前でしゃがんで頭を向ける。頭が大きいから手で撫《な》でるというよりも、両腕を使って撫《な》でる。目の間の鼻筋を撫《な》でられるのが好きみたいで、手を広げて擦《こす》るように撫《な》でてやる。

（ゴロゴロ。ゴロゴロ。もっと～）

「お前は猫か！」

(俺は猫だぞ)

そうだった。今でこそ大きな獅子《しし》の聖獣だけど、昔は猫だった。

身寄りのない私は猫を飼っていて、溺愛《できあい》していた。そして私が聖女となったあの日、コンティオールも聖獣となったんだ。

神官様の話では、私の愛情を一身に受けたため、体内に聖なる力が蓄えられ、私が聖女となった影響がコンティオールにも出たのだろう、と。

正直良くわからないけど、こうしてコンティオールと話ができるのは嬉しい。

「あれ？　そういえば国はいいの？　アナタは崇《あが》められてたじゃない。それが気分が良いって言っていたのに」

(うむ、確かに気分が良かったぞ。猫だった俺を、あんなに大事に扱うんだからな)

流石《さすが》に撫《な》で疲れたから、地面に座ってコンティオールによりかかってる。

「私が聖女じゃなくなったから、コンティオールの聖獣としての力も、なくなっちゃうかもしれないのに。国にいれば神殿の力で維持できるんだよ？」

(確かに俺には国と聖女が必要だ。だから決めたんだ、この地に国を作るとな)

「国を……作る⁉」

(ロザリー、お前は追放されてしまったから、他の国に行っても聖女にはなれない。だからこの地に国を作り、そこで聖女となるのだ)

「で、でもこんな何もない所だよ？　人だって私しかいないんだよ⁉　それよりもコンティオールは国に戻って、次の聖女と一緒にいた方が確実だよ！」

(バカめが、言わせるなよ)

「何をよ！」

(俺はお前の聖獣だ。他の誰が聖女になっても変わらない。お前以外に従うつもりはない)

「コンティオール……うん、ごめんね、ありがとう」

顔に抱き付いて撫《な》でた。こうして不毛の地ゴスライン荒野で、コンティオールの聖獣としての力を維持するための国作りが始まった。

「でも、一体どうするの？　硬い地面と岩しかないよ？」

(まぁ任せろ。しかしお前の協力も必要だぞ)

「うん、それはもちろん」

コンティオールは立ち上がると、何かを探すように地面の匂いを嗅《か》ぎ始める。

しばらくすると前足で地面を掘り始め、直径一メートルくらいの穴が開いた。

（よしロザリー、力を貸してくれ）

「え？　うん、わかった」

コンティオールに近づき、私はその体に手を当てる。

まだ残っている聖女の力をコンティオールに流し込む。

コンティオールが穴に顔を突っ込み、ひと咆《ほ》えすると地震のように地面が揺れ、何かが動く音がした。

「わわっ！　何なに？　何したの？」

（拠点を作ったんだ。日中はこの中で過ごし、夜になったら活動しよう）

拠点、と言っても……あ、さっきの穴が階段になって地下に続いてる。階段を下りると、そこには大きな部屋ができていた。五メートル四方で、高さは四メートルくらいかな？

「大きな部屋だ！　こんなの作れるんだ！」

（聖獣だからな！　ガッガガッガッガ）

コンティオールはイノブルクにいた時と変わらず変な笑い方だけど、やっぱり聖獣の力は強力だ。

どんな魔法使いでも、一瞬でこんな部屋は作れないんじゃない？

（わずかだが聖なる力の地脈が流れている。ここで休めば多少は聖女の力も回復するだ

ろう）

「コンティオールすごい！　カッコイイ！　流石《さすが》私の聖獣！」

絶望していたのが嘘みたい！　これなら何とかなるかもしれないね！

嬉しくなってコンティオールに抱き付いた。

（ガッガッガ、惚れるなよ？）

「もう惚れた！　べた惚れした！」

たてがみに顔を埋《うず》めて頬ずりした。もう、なんていい子なんでしょ！

外に放置してある狼の死骸の血抜きをして、皮を剥《は》いでいろいろと処理をした。

保存食にするには乾燥させないといけないけど、日中に外に出しておけばできそうだね。

すっかり深夜を通り越し、そろそろ夜明けの時間だ。

日中は地下で寝る事にしたけど、地下って涼しいんだね、昨日の暑さが嘘みたい。

でも問題が発生した。

「喉が渇いたな……」

そう、暑さはしのげても、飲み物がない。水筒の水は、昨日の日中に飲み干してしまった……

（うむ、俺も喉が渇いたな。どれ、少し探してみるとするか）

ヘソを上に向けて寝ていたコンティオールが立ち上がり、またあちこちの匂いを嗅《か》ぎ始めた。

部屋の中を歩き回り……あれ？　何だか部屋が大きくなってない？

コンティオールが歩く先の壁は拡張され、部屋は段々と大きくなっていく。

立ち止まると床に向けてひと吼《ほ》えし、そこに底が見えないほど深い小さな穴が開いた。

何か音がする。何だろう……穴を覗き込むとゴボゴボと音がする。そして。

「わ！　水だ！　水が噴き出してきた！」

細い穴を伝って水が噴き上げ、小さな水たまりができた。

（よし、この水は飲めるようだな）

「流石《さすが》だね、コンティオール！　やっぱりアナタは最高だよ！」

私がたてがみに抱き付くと、コンティオールは嬉しそうに笑っている。

ん？　あれ？　何だかたてがみの位置が低いような？

前はジャンプしないと顔に届かなかったのに、今は真横にある。

「……⁉　コンティオール⁉　アナタ小さくなってない⁉」

（うむ、流石《さすが》に今ので力を使いすぎたようだ。今夜は活動できそうにない）

そっか……聖なる力がなくなると、ただの猫に戻っちゃうんだった。

今は余力があるからいいけど私の力も多くないし、地脈から得る力は微々たるものだ。

あまり力の乱用はしない方がいい。

「よし！　じゃあ今夜は私一人で頑張るね！　コンティオールは休んでてよ」

（すまんな……明日には多少は良くなっているはずだ）

そう言ってコンティオールは水を飲み、地脈に沿うように横になる。

今晩は小さくても良いから領地を決めよう！


夜になり、私は階段を上って外に出た。

ううっ、寒い！　昼間は灼熱で夜は極寒。でも大丈夫、狼の毛皮でコートを作っておいた。

狼のコートを羽織ると、あったか〜い。そりゃ狼は平気で夜も動き回れるよね。

転がっている石を手に取り、地下室のあるあたりの地面に石で傷を付ける。

地面が硬くてなかなか傷が付かないけど、何とかスジが入り、地下室の大体の大きさがわかった。

「中にいても広いと思ったけど、こんなに大きかったんだ」

奥行き二十メートル、横幅十メートルはありそうだ。

水を探すために拡張し、ここまで大きくなったんだね。

さて、地下室は快適だからいいけど、地上にも建物がないと国の領地らしくない。

石を削ってブロック状にし、積み上げて簡単な建物を作ろう。

大岩はゴロゴロしてるから、それに両手で持てるサイズの石を投げつけて、どっちかが壊れれば上手くいくかな？　そう思って岩を投げつけるけど……

「ゼー、ハー、ゼー、ハー。ぜ、全然壊れない……石ってこんなに硬いのね」

両手を地面について、極寒のこの地で汗を流していた。

狼のコートを脱ぎ捨てて今度は投げつけるのではなく、頭上に持ち上げて叩きつけた！

岩同士がぶつかり大きな音を立てるけど……その衝撃は私の手を痺《しび》れさせただけ。

「う～、う～、腕が痺《しび》れるぅ～」

あまりの衝撃の強さに、私の腕はしばらく使いものにならなかった。

「どうしよう。このままじゃ一生地下で暮らす事になっちゃう」

【岩を壊せばいいの？】

「うん。レンガのサイズになれば、積み上げるのが楽なんだけど。……誰⁉」

突然知らない声で話しかけられ、慌てて後ろを振り向くと……水が浮いている。

私の頭よりも大きな水の塊《かたまり》が、空中に浮いて私に話しかけてきた。

目らしき黒い点が二つあるけど、目なの？　口とか鼻は？

口はないけど声は直接頭に聞こえる。まだ若い声で男の子か女の子かもわからない。

【じゃあちょっと待ってて〜】

水が波打つと表面に小さな突起が一つ現れ、そこから極細の水が噴き出して岩を切り裂く。

こ、声は可愛らしかったけど、この水って超危険な存在なんじゃないの⁉

突然話しかけてきたけど、一応私を手伝ってくれたんだよね？　岩がみるみるうちにレンガサイズに切り裂かれていく。

は！　まさか【手伝ったお礼にお前の身体を捧げな】とか言われないわよね⁉

(変な妄想をしているところすまんが、危険なものではないから安心しろ)

「コンティオール。この水の事を知ってるの？」

いつの間にかコンティオールが外に出てきていた。

【あ、そういえば自己紹介してなかったね。ボクは水の精霊だよ】

「水の精霊さん？」

【うん！　今まではこの地に水がなくて寝ていたんだけど、水が湧いたから目が覚めたんだよ】

「へぇ、じゃあ水がもっと増えたら、水の精霊もいっぱい出てくるの？」

【残念だけど、大昔に水の精霊のほとんどは他の場所に行っちゃったんだ。その時ボクは精霊になりたてで、ココから動けなかったんだよ】

「そうだったのね。一人で寂しかったでしょ？　よしよし」

私は手を伸ばして頭を撫《な》でようとしたけど、どこが頭？　えっと、ここらへんかな？

【えへへ、お姉ちゃんありがとう】

適当に手を当てたけど当たっていたみたい。撫《な》でているとコンティオールが頭を割り込ませた。

「ちょ、ちょっとコンティオール、何やってるのよ」

何も言わず水の精霊を撫《な》でている手に、頭を擦《こす》りつけてくる。

はっは～ん、焼きモチ焼いてるな？　カワイイ奴よのう。

もう片方の手でコンティオールの頭を撫《な》でると、ゴロゴロと気持ちよさそうに地面に伏せた。ペットが二匹になったみたいだ。

「あ、私はロザリー、水の精霊さんの名前は？」

【名前？　ボクには名前なんてないよ】

「そうなの？　でも水の精霊って呼ぶのは味気ないし……オードスルスってどう？」

【オードスルス？　うん！　ボクの名前はオードスルスだよ！】

（俺はコンティオールだ。よろしくな）

【よろしくね、パパ！】

「パパ？」

【うん！　パパが水を出してくれたから、ボクは目覚めたんだよ！　だからパパ！】

（ま、まて。俺は子供がいるような年ではないぞ）

「コンティオールパパ？　頑張ってね」

コンティオールが嬉しいような困ったような顔をしているので、私達はそれを見て笑う。

ふとコンティオールが周囲を見回す。どうやらまた狼の群れが来ているみたい。

でもコンティオールがいれば問題はなさそう。

【パパ、どうしたの？】

（狼の群れが来ている。少し待っていろ、何匹か狩ってくる）

コンティオールはそう言って三匹ほど捕まえてきた。他の狼は逃げていったみたい。

「お疲れ様。また食料が増えたね」

(干し肉にしたら保存もきく。あって困りはしないだろう)

昨日の今日だけど、皮も使えるし食料にもなるから確かに困らない。

けれど、それから連日狼の群れが襲ってくるようになった。流石《さすが》に肉も皮も余ってきたから、途中からは追い返すだけにしている。

そしてさらなる問題が発生した。

「うわーん！　お肉ばっかり嫌だー！　野菜食べたい野菜食べたい！」

朝昼晩、肉ばっかりの生活を送っているけど、もー無理！　野菜！　果物！

地下室で駄々っ子みたいに暴れる。だってこうでもしなきゃ耐えられないよ！

【ごめんね、お姉ちゃん。ボク、水しか出せないから】

(しかし困ったな、こんな場所で野菜など手に入らないぞ)

「そうだ、畑を作ろう！　幸い肥料になりそうな肉も骨もあるし、動物の血液も肥料になるハズ！」

いても立ってもいられず、私はオードスルスに作ってもらった石のツルハシを持って外に飛び出した。うん、今日もいいお月さま！　最近は寒さにも慣れちゃった！

「よーっし、どんどん耕すぞ！」

何だろう、とっても力が湧いてくる！　これは私に畑を作れという啓示ね！

テンションが上がりまくった私は、一晩で百平米を耕していた。

オードスルスにお願いして水を撒《ま》き、狼の食べられない部位を粉々にして畑に撒《ま》いた。

「やったー！　これで野菜が食べ放題！　さらば肉！　ハロー野菜！」

畑を前に、私は万歳三唱した。

ちなみに石のレンガを大量生産（？）できた事で、地下室の出入り口二か所と地下室の真上には簡単ながらも壁と屋根ができている。

崩落しないか心配だったけど、地下室は聖なる力で保護されていて崩れないらしい。

「これで明日には野菜が食べられるね！」

（食べられるはずがないだろう。どれだけ急激に成長するんだ。そもそも種も蒔《ま》いていないのに）

気持ちよく額の汗を拭っていたら、コンティオールに現実を突きつけられた。

わ、わかってるわよ、そう考えでもしないと、この先の希望がないのよ！

【お姉ちゃん、パパ、何か来たよ】

オードスルスに言われて周りを見ると、相も変わらず狼の群れが来ていた。

何なんだろうこの狼達。毎日追い払われてたまに仲間を殺されているのに、平気で現れる。

やっぱり私達をエサとして見てるのかな。でも圧倒的な強さのコンティオールに対峙して、勝てると思っているの？

（ふむ……ロザリー、背中に乗れ）

「え？　いつもみたいに追い払わないの？」

（追い払うさ、いいから乗れ。オードスルスは待っていろ）

【はーい】

オードスルスは元気よく返事した。

私がコンティオールの背中に乗ると、今日は狼を威嚇《いかく》して追い払っただけだった。

何で私を背中に乗せたの？

狼の群れが逃げていくと、コンティオールが走り出す。

逃げた一匹を追いかけてるみたいだ。

「どうするの？」

（まあ黙って見ていろ。舌を噛むぞ）

慌てて口をつぐむ。そういえば以前、コンティオールの背中に乗った時に、舌を噛んだんだ。あれは痛かった……

狼の後ろを離れないまますいぶんと走った。

どうしたんだろう、狼に追いつけないなんて普段のコンティオールからは考えられない。

実はあの狼は足が速いのかな。

岩と硬い地面だけの荒野をひたすら走り続け、一時間近く過ぎた頃、月明かりに照らされて何かが見えてきた。

あれは……森？　小さな丘の上に、たくさんの木が生えている。こんな場所に森だなんて……一体どういう事？　よく見ると他の狼も森を目指して走っている。ここが狼の巣なの？

「どうしてあそこだけ森になってるの？　周りは荒野なのに」

(恐らくオアシスなのだろう。森の中心に水が出ていて、その周辺だけ植物が生えたのだ)

あーなるほど。

「あ！　じゃあ家の周りにも木が生えてくるの⁉」

(何十年後かには、生えてくるかもしれないな)

何十年……待っていられません。

丘に到着し、森の中に逃げ込む狼をさらに追いかける。この丘は頂上付近が窪《くぼ》んでいて、そこに池があった。そしてその近くには……狼の群れがいた。

「ね、ねぇ、コンティオール？　まさかアレを全部倒すとか言わないわよね？」

狼の群れは巨大で、百匹は下らない。

流石《さすが》にあんな数を相手にしたら危険だし、襲ってこないならこちらから襲いたくはない。

(向こうの出方次第だ)

ですよね～。

コンティオールがゆっくり前に出ると、群れのリーダーらしき狼も前に出てきた。

私にはわからないけど、コンティオールと狼は何か会話をしているみたい。

コンティオールは人語を理解し、動物とも会話ができる。

でも人間でコンティオールの声が聞こえるのは、コンティオールが認めた人だけ。

私と、追放されたイノブルク王国では飼育係の数名だけだった。

しばらく唸《うな》り声や何やらで会話をして、その話は終わったようだ。

狼達は警戒を解いたのか、池の周りでくつろいでいる。

「ねぇ、どんな話をしたの？」

(もう来るな。来なければ殺さない、来たらこの群れを皆殺しにする、だ)

「こ、怖い事しないでよ⁉　私とオードスルスはか弱いんだからね⁉」

（お前はまだしも、オードスルスは強いぞ）

え、そうなの？　あんなに可愛いのに。

話が終わり戻るのかと思ったら、何やら森の中を歩き回っている。

「何してるの？　帰らないの？」

（アレだ）

鼻先で何かを指すので目をこらすと、木の実が見えた。木の実……？

「果物だ！」

（そうだ。ここは街から近いせいか、種が風に乗って運ばれてくるようだ。全てはダメだが、必要な分は持っていかせてくれと話をつけてある）

「さっすが聖獣様！　惚れちゃいそう！」

（ガッガッガ、惚れろ惚れろ）

ウキウキで果物を取り、枝や種も手に入れた。これを植えれば果物が採れるわね！

「ってあれ？　いっその事、ここを拠点にした方が良いんじゃない？」

（それはできない。ここはすでに他国の領地だ。他国の領内で国を作るのはやめた方がいい）

「そ、そっか。他の国には迷惑かけたくないもんね」

危ない危ない。そういえば荒野を一時間近く走ったんだから、他国に入っていても不思議はないわね。気を付けなきゃ。

家に戻り、早速種と枝を植える。水を撒《ま》いて早く大きくなるようにと、目いっぱいお祈りした。これできっと明日には芽が出てるわね！　明日の夜が待ち遠しい！

そして昼間は寝て過ごし、日が沈んでから地下から出てきた。

さーて、若木くらいには育ってるかな？　と、能天気な気持ちで畑を見た。

「何コレ？」

（何だコレは）

【わー、おっきいねー】

畑は昨日植えた木で埋め尽くされていた。種を植えた場所も枝を挿した所も、とにかく耕した場所全部から大きな木が生えて、実がなっている。

「こ、この木は一晩で成長する木なのかな？」

（そんなものがあるハズなかろう。しかしどうして……ん？）

コンティオールが木の匂いを嗅《か》いで考え込んでる。どうしたんだろう。

（ロザリー、お前は確か、畑にずいぶんと長く祈りを捧げていたな）

「うん、早く大きくなれ～って」

（恐らくそのせいだ。お前の祈りによって聖なる力が畑全体に行き渡り、望み通り急速に成長したのだ。この木々はとてつもない量の聖なる力に満ちているな）

「へー……」

聖なる力ってそんな効果あったっけ？

街にいる時は畑に祈った事はなかったけど、実は成長促進くらいはあったのかな？

【お姉ちゃん、お姉ちゃん！　この木の実おいしいね！】

オードスルスが早速木の実を食べている。リンゴ、ビワ、桃。季節感はどこへいった。

美味しそうに食べているから、私も一つ食べようと手を伸ばす。

【あ！　体がへん！】

オードスルスが大きな声を上げた。体が変？　まさか毒⁉

オードスルスの体（水面？）が荒れた海のように激しく波打つ。形も伸びたり縮んだり、とにかく様子がおかしい。

【わー！】

そう言って水が弾け飛んだ……え？　オードスルス？　何？　何があったの？

水が弾け、小さなしずくが一滴残るだけだ。

そんな……オードスルス……せっかく眠りから覚めて、仲良くなれたのに……

【えい！】

そんな掛け声が聞こえたかと思うと、私の目の前には人の赤ちゃんみたいな姿をした水が浮いている。ん?? 透明な……水の赤ちゃん……!?

「オードスルス!?」

【わーい、成長したよー。パパー、ママー】

そう言って私とコンティオールに抱き付いてきた。

ん？ パパはコンティオールよね、ママは？ ママー、ママどこー？

【ママー、木の実おいしかったよー】

オードスルスが私の腕の中に入ってきた。

……え？ まさか。

「ね、ねぇ？ ママって、ひょっとして、その～……私？」

【うん、そうだよ！ パパに起こしてもらって、ママに大きくしてもらったの！】

いつの間にかママになってた！

どうやら私が祈りを込めて植えて育った木には、聖なる力がたくさん含まれているみたい。

さらには一晩で種から実ができるまでに成長するという無茶苦茶っぷり。

【ママー、もっと食べて良い？】

「え？　ええ、良いわよ」

オードスルスは喜んで次々と木の実を食べ始める。赤ちゃん姿の水の塊《かたまり》が宙に浮き、ご丁寧に実を手でもいで口で食べている。口で食べる意味、あるのかな。っと、私も食べよっと。

念願の肉以外の食べ物！　きっとほっぺが落ちるほど美味しいに決まってる！

近くにある実を手に取り、表面を軽く拭いてかぶりつく。

「ん〜〜……!!　美味しい！　何これ！　街で食べたどんな果物よりも美味しい！」

見た目は桃だけど、こんな美味しい桃は初めて！

（そんなに美味いのか？　どれ俺も一つ）

コンティオールも木の実にかぶりつくと、口を大きく開けて一心不乱に食べ始めた。

そうなるよね〜、やめられないし止まらない。

コンティオールが一つ食べ終わると、異変が起こった。

（ぬおぉ！　こ、これは！）

縮んでいた体が元の大きさに戻っていく。えっと、つまりは聖なる力が補充されたのね？

（おかしい……おかしすぎる）

「何が？」

（……一度試してみよう。ロザリー、俺に力を流してくれ）

「こう？」

コンティオールの体に手を当てて、聖なる力を流す。

コンティオールがひときわ大きな咆哮《ほうこう》を上げると地面がゆっくりと揺れ、徐々に動きが大きくなっていく！

「ちょ、ちょっと！　何したの⁉」

（カーーーーー‼）

掛け声と共に私達が立っていた地面が盛り上がり、山のように大きくなっていく。

何やってるの⁉　こんな場所に山なんて作ってどうするのよ！

私も山の上に持ち上げられ、落ちないように必死にコンティオールにしがみ付く。

「きゃー！　キャー！」

目をつむって悲鳴を上げる事しかできない。もう！　どうしちゃったのよ、コンティオール！

（やはりか……完成してしまった）

「何が完成したのよ！　このバカティオール！」

（城だ）

「シロ？　大きな犬でも作った……の⁉」

私とコンティオールはお城のテッペンに立っていた。

……え？　何、どういう事⁇

どうしていきなりお城ができたの？

前は地下の部屋を作っただけで、コンティオールは聖なる力を使いすぎて体が縮んだのよ？

（ロザリー、体調はどうだ？　苦しかったり、疲れていたりしないか？）

「え？　ん～、別に何ともないかな」

（そうか……そうだったのか）

コンティオールの背中に乗ってお城の中を見て回る。大きいお城や王城には程遠いけど、別荘として使うお城なら、これくらいの大きさはありそう。部屋の数が多くて、二十部屋以上ある。

城壁はないけど門があり、緑はないけど噴水のある庭があった。玄関ホール正面には左右に分かれた階段があり、二階まで吹き抜けになっている。

「ひょっとして、もう地下で眠る必要はなくなっちゃった？」

（いや、やはり地下の方が気温の変化が少ないからな。寝るのは地下が良いだろう。城は地下室と繋がっているから行き来は問題ない）

すごく便利だ！　それにしても、うわ～、国を作るって言ったけど、いきなりお城ができちゃったよ？　これなら急な来客があっても安心ね！　誰も来ないけど。

【パパー、ママー、畑がたいへんだよー】

オードスルスが裏から叫んでいる。ま、まさか、今ので畑がなくなったりしてないわよね⁉

裏庭のあたりから声がしたから、急いで向かったら……そんな……

「まさか……これが畑なの……？」

私の眼前には……拡張されて倍以上の広さになった畑があった。

木の数は増えてないけど、今ある種を蒔《ま》いたら、明日にはまた成長して美味しい木の実が食べられるかな。

（ついでだから大きくした。これで俺達が食う分には困らないだろう）

「い……至れり尽くせりだね⁇」

頭が混乱してきた。私がチマチマ石を積んで作った小屋は何だったのよ……

「ま、いっか。私一人じゃ、こんなに大きなお城は作れないもんね」

お城の中を今度は三人（？）で探索する。石と土で作られているせいか、扉や窓がなかった。四角くくり抜かれているだけで風通しがいい。流石《さすが》にガラスや木はないからできなかったんだろう。

ん？　木？　あるじゃない！　いきなり大きくなった木が！

うんうん、コレは明日にでも作ってみよう。

食べた木の実の種を畑に植え、昨日と同じようにお祈りをした。これで明日の晩には木が生えているはずだ。

「今日は寝ーよおっと」

地下室に入って三人で並んで横になる。お城ができてもここで寝るって、何だか変な感じ。


数日後。

夜までグッスリ眠るつもりでいたけど、大きな声が聞こえて目が覚めた。

「……何ぃ？　何なの？」

(侵入者だ)

「しんにゅうしゃ？　盗賊とか？」

(いや……何やら身分が高そうな奴がいるな)

できたばっかりのお城を、知らない人に荒らされたくない。

眠い目を擦《こす》り、水で顔を洗ってから地上に出た。

「……暑い」

地下室と城の中が繋がり、日陰になって風通しが良くっても、やっぱり暑かった。

やっぱり地下は最高ね。

太陽は天頂より少し下がっている。昼を少し過ぎた頃かな。侵入者はどこかなっと。

あ、いたいた。お城を荒らしてはいないけど、興味深そうにあちこちを見ている。

それもそうか、こんな荒野の真ん中に、いきなりお城があるんだもんね。

「こんにちは。本日は何か御用でしょうか」

相手に私の姿は見せないまま、でも私からは見える位置で声をかけた。コンティオールもオードスルスも側にいる。この二人は人語を理解できるけど、話はできないからね。

侵入者は約十名。

大きなローブで全身を覆い、フードも深くかぶっているから顔は見えない。

でも足元を見ると、一人だけ妙に高そうな靴を履いている人物がいる。

侵入者は、声が反響してて私達がどこにいるのかわかっていないようだ。

その中の一人が声を上げる。

「私はマクシミリアン・フォン・フレンケル。ハーフルト国の王太子だ！」

フードを脱いだそこには……やだイケメン！　マクシミリアン……何とか王太子？

王太子って、確かその国の次の王になる人よね、何でこんな所にいるのかしら。

それにハーフルト国ってどこにあったっけな。確か近くにあったような……？

（ほほう、最初に来たのはハーフルトの王太子か。直々に来るとは思わなかったが。かなり驚いているようだ）

「コンティオール、知ってるの？」

（ハーフルトは、狼達が根城《ねじろ》にしているオアシスがある国だ。この荒野は隣接する国まで遮《さえぎ》る物がない。不毛の地だが国境近くの警戒厳重な地域だから、ひょっとしたら何度か様子を見に来ていたかもな）

「え⁉　それじゃあ、私達が勝手に国に入ったから、捕まえに来たの⁉」

（落ち着け。それはないはずだが、話を続けろ）

あわわ、無断で国に入ったらどんな罰だったっけ、死刑じゃないよね？

小さく咳払いをして、王太子に話しかける。

「このような不毛の地に何の用ですか？　休憩ならば、少しの滞在を許可しますが？」

王太子一行は何やら話を始めた。どうしたんだろう、私、何か変な事言ったかな。

「あなたはこの城の主か？　ならば尋ねたい、数日前までこのような城はなかったはずだ。一体どうやって建てたのだ？」

え？　どうやってって、コンティオールが頑張って……って言っても信じないわよね。

コンティオールを見るとコクリとうなずく。言っちゃって良いって事ね。

「この城は、私と仲間で建てました。それが私達の能力、とだけ言っておきます」

う、嘘は言ってないよね？　むしろ真実だし。それを聞いて一行はざわめいている。

信じられるわけないよねぇ～。中庭には噴水まであるんだし。

「一日お会いできないだろうか？　このような素晴らしい力をお持ちなら、ぜひ我々に協力していただきたい」

えー？　イケメンだけど、流石《さすが》に見ず知らずの人に、しかもこんな場所で会うのは嫌だなぁ。いきなり襲われても困るし……ん？

「オードスルス？　どうしたの？」

オードスルスが王太子一行を興味津々で見ている。

【わーい、美味しそうな匂いがするー】

そう言って飛び出していってしまった。って、コラ待ちなさい‼

（構わんさ。俺達はゆっくりと、優雅に登場しよう）

「う、うん」

二階の部屋から出てゆっくりと、優雅に歩いていく。

オードスルスは手すりの上を飛んでいき、一行の側までいくと、順番に匂いを嗅《か》いでいる。

「何だコレは⁉　水？　水の赤ん坊だぞ！」

「空を飛んでいる！　一体どうなっているんだ！」

「獅子《しし》だ！　真っ白い獅子《しし》がいるぞ！」

一行が慌てふためく中、イケメン王太子は冷静に私を見ていた。

「あなたが主か？　それに純白の巨大な獅子《しし》……は！　まさか聖女ロザリー様か‼」

あれ？　私を知っているの？　聖女って各国にいるはずだから、さほど珍しくもないのに。

向こうは知っていてこっちは知らない。もう胸がバクバクいってる。

でもコンティオールに言われたから、レディーっぽく冷静に振る舞おう！

「私をご存じなのですね。しかし私は国を追われた身。すでに聖女ではございません」

廊下を歩き、焦らずに階段を下りる。

途中の踊り場で立ち止まり、お腹の上で両手を組んで話を続ける。

「初めまして、ハーフルト国のマクシミリアン王太子様。私はロザリー。この獅子《しし》はコンティオール、そこの水の赤子はオードスルスと申します。私はここに新たな国を作りました。他国と友好を築くのは、こちらとしても望むところです」

「それでは、我々に協力してくれるのか？」

え、協力？　そういえばさっき言ってたけど、何を協力するんだろう。

悩んでいるとコンティオールが小さく唸《うな》り始める。

（タダで協力するわけにはいかん。条件を聞け、それ次第だ）

「協力するからには、何か見返りを頂けるのでしょうか？」

「我がハーフルト国で神官長の職を用意する」

神官長？　神官長って言ったら聖女のお付きみたいな仕事じゃない。

国から言われた事を私が聖女に伝えて、聖女の返事を国に返す。えー、そんなの嫌だー。

（バカにしているな。断れ）

「私は他国に赴《おもむ》くつもりはございません。お帰りください」

（いや、まだ帰さなくていいぞ？）

え、ダメだったの⁉　帰しちゃダメならそう言ってよね！

でも向こうも引き下がらない。どうしても私を囲いたいみたい。

「そ、それではどのような条件ならば来てくれるのだ⁉」

来てくれるって、私は友好を築きたいって言っただけで、そっちの国に行くなんて一言も言ってないんだけどな。

王太子一行の近くを漂っていたオードスルスが戻ってきた。

【ねぇねぇママ、嗅《か》いだ事のないおいしい匂いがしたよ！】

嗅《か》いだ事のない匂い？　携帯食料でも持ってるのかな。食料か……果物や野菜はあるし、肉は……どこかで狩ればいいか。でもそうなると、調味料が欲しくなるわね。

でも調味料だけのために協力するって思われたら、安い女だと思われそう。

あ、そうだ。

「ハーフルト国と通商条約を結びたいと考えています」

「通商……条約だと？　それはつまり、ここを国として認めろ、という事になるが？」

「その通りです。それだけの価値があると思いますよ？　オードスルス、果物を一つ、王太子様に差し上げて」

【はーい、ママ】


裏庭に飛んでいき、果物を二つ取って持ってきた。一つで良いんだけど、まあいっか。

リンゴを一つ王太子に渡してもらい、一つは私が受け取った。

私が一口食べて王太子を促すと、王太子もリンゴを口にする。

「ん？　……んん⁉　何だコレは！」

「マクシミリアン様！　いけません！　すぐに吐いてください！」

「疲れが……疲れがなくなった！　それに古傷の痛みが取れたぞ！」

全身を覆うローブを脱いで袖をめくり上げると、刀傷らしきものがスーッと消えていく。

へ～、そんな力もあったんだ。

「この果物は他にもあるのか⁉　いや、あるのですか⁉」

「ええ、豊富ではありませんが、まだあります」

「ぜひ我が国と国交、そして通商条約を結んでいただきたい！」

やったー。

マクシミリアン王太子はハーフルト国へ戻った。国に報告をして、手続きをするそうだ。

私達はのんびりと夕食を食べている。

ハーフルト国に国として認めてもらえば、他の国も追随してくれるかもしれない。

でもそうなると、百パーセント認めない国がある。私を追放した国・イノブルクだ。

ここゴスライン荒野は国境が曖昧で、明らかに近い場所以外はどの国も領土を主張していない。

何せ不毛の地だからね。トラブルがあったら、その国が責任を負わなきゃいけないし。

この場所はイノブルク国の国外追放の場所にほど近く、さらに私は元聖女だ。

必ず何か言ってくる。それまでに複数の国と通商条約を結びたい。

「ねぇ、コンティオール、他の国は結構距離が離れているけど、ここまで来ると思う？」

（来るだろう。だが、それにはまだ時間がかかる。他はここの噂が流れてからになるだろう）

そっか、直接見に来る人が少ないから、他の人頼みになっちゃうのか。

それなら噂が流れやすいように、もっと大きくした方がいいのかな？

「じゃあ、お城を大きく、緑豊かにして、果物や木の実もたくさんあった方が噂が流れやすいよね？」

（そうだな。ハーフルトではすぐに主要な人物に伝わるだろうし、後は行商人や旅人が

来やすいようにしたい)

うんうん。他の国が無視できないくらいにいい国になったら、きっと住民も集まってコンティオールの聖なる力の補充も安定するよね!

「よぉ~っし! 私張り切っちゃうよ! コンティオール! 力を渡すからどんどん作っちゃって!」

(よかろう、城だけとは言わず、城下町も作ってみせよう!)

コンティオールの体に手を当て、気合いを入れて聖なる力を流し込む。

コンティオールは小さな唸《うな》り声を上げ、徐々に大きくなり、そして。

(ゴアアァァアアアアアア!)

今まで聞いた事がないほど大きな咆哮《ほうこう》を上げ、以前と同じように地面が揺れ始めた。

「……あれ? 何か、今度の揺れは激しくない??」

地面が揺れて立っていられない。縦揺れは私が撥ね飛ばされるほど、横揺れは何メートルも転がされるほど大きい。慌ててコンティオールの背中に乗ると、空高くジャンプした。

「ちょっと⁉ 何これ! 世界の終わり⁉」

上空から下を見ると、あちこちに大きな地割れが入り、崩れ、まるで巨大なクレーターのように地面が沈んでいく。

あわわわ、何かやらかしちゃったかな、せっかく作ったお城も畑も、全部なくなっちゃった！

【わー、すごいすごい！　パパ、ママ、地面が落ちていくよー】

オードスルスは喜んでいるけど、私は冷や汗がダラダラ流れる。

ついに地の底が見えるほどの穴が開き、反動で轟音《ごうおん》と共に大量の土砂が噴き出してきた。

「イヤー！　いやぁ～！」

ごめんなさいごめんなさい！　調子に乗りました！　もう大人しくするから収まってください！

必死にコンティオールにしがみ付き、目をつむってお祈りするしかなかった。

しばらくして音が収まると、あたり一帯は砂埃《すなぼこり》で何も見えなかった。

コンティオールは離れた場所に着地し、私も地面に降りた。

あ……あ～あ……やっちゃった……。これはハーフルト国との条約も白紙かなぁ。

（うむ、上出来だ）

「何が⁉　全部壊れちゃって、今までの苦労が全部パーよ！」

【ぱー、ぱー】

あぁ～んもう、調子に乗るからこんな事になるのよ。分をわきまえるんだった。

地面に両手をついてへたり込む私を、コンティオールはニヤけて見ている。

「何がおかしいのよ」

(いやぁ？　別に何でもないぞ)

そう言いながらも、口元は緩んでいる。

むぅ、何よ何よ、わかってるわよ。十四歳の小娘が大層な事言ったって、所詮子供の遊びよ。

ため息をついて立ち上がる。もう一度、地下室だけでも作らないと……と？

砂埃《すなぼこり》が薄くなり、そこにある物が見えてくる。

どこの国よりも大きな王城。それを取り囲む強固な城壁。

城の正面には小さい街くらいの城下町ができている。二階建ての民家や、商店に使えそうな建物、公園、噴水……緑あふれる街並みが、目の前に広がっていた。

「へ……？　何これ？　崩落したんじゃないの？」

(規模が大きくなるからな、地盤から作り直したのだ)

「じ、じばん？」

(硬いだけの地面ではなく、地下水を良く含み、植物が育ちやすい大地になった。なぜか知らんが、地脈も強力になっていてな、地下水も豊富になって、栄養価も高くなっていた)

えーっと？　つまり？

「人が住みやすい環境になったの？」

首をかしげて尋ねると、コンティオールはコクリとうなずいた。

「コンティオールすごーい！　何なに？　どうしちゃったの⁉　前は小さな地下室だけで体が縮小してたのに、今回は何ともないじゃない！」

【ママー、ボクもお手伝いしたんだよー】

オードスルスは頭を撫《な》でてほしそうに、私の腕の中に入ってきた。

「よしよし、偉いわね」

人型になっているから、前とは違って頭を撫《な》でやすい。ん～、オードスルスは自慢の子供ね！

と、背中を押された。コンティオールが頭を擦《こす》りつけている。

「はいはい、コンティオールも良くやってくれたわね」

こっちも頭を撫《な》でてあげると、気持ちよさそうにゴロゴロ言ってる。

よ、よし！　新しい街を探索しよう！

心新《こころあら》たに街を歩く。でも何これ？　道も建物もキレイだし、公園の芝生はフカフカだし、噴水の水は透明でたくさん出てるし、お城は……疲れるから今度。

「どうすんの？　こんなに大きなの」

（住民を招き入れなくてはいけないな）

「住民って、どうやったら来るの？」

（知らん）

コンティオールは無責任だった！　こんな大きな街並みを作っておいて、住民がいないんじゃ意味ないじゃない！

今度マクシミリアン王太子が来たら、街が大きくなっていて驚くかな～、くらいしか思いつかない。

（流石《さすが》に疲れたな。俺はもう寝る）

コンティオールはそう言って、どこから繋がっているのか知らないけど、地下室に行ったんだろう。

「あ、うん、おやすみ」

【パパおやすみー】

「じゃ私達はもう少し見て回ろうか」

【うん！】

オードスルスが私の腕にしがみ付き、のんびりと街の中を歩き回った。

うーん、建物はあるけど機材がないのよね。やっぱりただ人が来るだけじゃなくって、いろんな職業の人が揃わないと、街、国としては機能しないのかな。

「お……い」

でもなぁ、人が集まるにはそれだけの魅力がないとダメだし。

「……ーい」

魅力……果物や木の実が美味しい？　あ、そう言えばあの王太子、古傷が治ったから治療目的で来てもらう？

「おー……」

「何？　オードスルス？　さっきから叫んでるのは」

【ボクじゃないよー】

「違うの？　じゃあ一体誰が？」

「おーい、誰かいませんかー！」

街の入り口付近から、男の人の声がする。誰⁉　こんな夜に、しかもこんな荒野の真ん中に！

建物の陰に隠れて、こっそりと入り口を見てみると、男の人が五人ほど立っている。

見たところ、王子様や護衛って感じじゃないし……どっちかっていうと商人？

仕方がない、また見えないように声をかけてみよう。

「この街に、何か御用でしょうか」

「おお！　人の声がするぞ！　やっぱり人が住んでいるんだ！」

何か喜んでる。この人達はフードをかぶってないけど、この時間に現れたって事は、昼間は休んでて、夜に行動してるのかな？

それにしても大きなリュック。一体何が入ってるんだろう。

「我々は行商人です！　イノブルク国からゴスライン荒野を抜け、向こう側へ向かう途中です！」

行商人さん？　イノブルクって私がいた国じゃない。ここを通って行商なんてしてたんだ。……歩いて移動できる距離？　そんなに小さな荒野じゃないと思ったけど。

「それはご苦労様です。それでは旅の無事を祈っております」

悪い人じゃないんだろうけど、コンティオールは寝ちゃったし、あんまりたくさん大人が来たら怖い。帰ってくれないかな。

「ありがとうございます！　ではなく！　あの、あなたはこの街の人ですよね？　一体いつの間に街ができたのですか？　以前通った時はなかったはずですが！」

何回もここを通ってるの？　行商人ってすごいのね、だって実質死刑に使われてる場所よ？

……ひょっとして、知られてないルートとかあるのかも？

「この城は先ほど完成しました。あなた方がご存じないのも無理はありません」

「さ、さっき⁉　ひょっとして地面が揺れた時ですか⁉」

「そうです」

あー、結構離れた場所でも揺れていたんだね。そりゃ……こんなのができるくらいだもん。

改めて街と城を見る。コンティオールって、聖獣としては超強いわよね、多分。

「この街で休ませてもらってもよろしいでしょうか？」

休む？　ああ休憩ね？　それくらいなら構わないけど。

「構いません。街に入って中央通りを進むと、大きな交差点があります。そこを右に曲がると噴水のある公園があるので、そこで休むとよいでしょう」

口々にお礼を言ってくる。こんな場所を通ってるんだもん、疲れるわよね。

行商人さん達が公園に入ったら、なぜか悲鳴を上げている。何？　今度は一体何？

噴水を見てはしゃいでる。子供か！

あ、そっか、こんな場所に噴水があるからか。水筒に水を汲《く》んで、食事を始めた。

こんな場所じゃ水も食料も貴重品よね……そうだ！

「オードスルス、果物を五つ持ってきて。みんなに気づかれないように、側に置いてきて」

【はーい】

すい～っと飛んで裏庭から果物を取ってきてくれた。

背後から近づいて……オードスルスの姿が消えた。

そ、そんな技もあるのね？　果物が地面を転がって、行商人さんの体に当たる。転がっている果物を手に取ると、不思議そうに眺めている。

ん？　ああ、そりゃわかんないわよね。

「その果物はここで取れたモノです。とても甘いのでどうぞ」

「これはこれは、ありがたく頂きます」

噴水の水で軽く洗ってかぶりついた。

うんうん、美味しそうに食べてくれてるわ、よかった。

「あ、ああ！　目が、目がーーーー!!」

突然一人が立ち上がって大声を上げる。え、ええ？　何、何かあったの⁉

他の行商人さんも驚いてるけど、ど、どうしたのかな？

「目が……良く見える。白内障が治った」

「何お前もか！　俺は腰痛がなくなったぞ！」

「俺は肩こりが」

「俺は筋肉痛が」

「僕は虫歯が治った」

……えーっと、つまり体調が良くなったのね？　な～んだ、脅《おど》かさないでよね。

「お願いです！　この果物を売ってください！」

う、売る？　果物を⁇

果物を売ってくれって言われても、えーっと、リンゴ一個いくらだったかしら。

自分で言うのもアレだけど、私って世間離れしてるから、物の値段がよくわかんないのよね。

(何だ、騒々しい)

「待ってたよーコンティオール！」

騒がしかったからか、コンティオールが来てくれた！　思わずたてがみに抱き付いちゃった。

(何を騒いでいたんだ？)

「実はね、カクカクしかじかなのよ！」

(そうか。そうだな……)

珍しくコンティオールが悩んでる！　ひょっとしてマズかったのかな。

でも、だってあげちゃったもん！

(一つ金貨百枚だ)

よしきた！

「それでは果物一つにつき、金貨百枚です」

「き、金貨百枚ですと⁉　我々は金貨五百枚を食べてしまったのですか！」

そりゃ五個あげたからね。何を驚いてるんだろ。

「金貨百枚……我々が一生かかっても稼げない金額だ」

クラッときた。え？　え？　え？　金貨百枚ってそんなに高いの？

だってコンティオールが百枚って……

(金貨百枚は、公爵家が一年間で使う金額だな)

「え？　それって高いの？」

（平民は金貨なんて見た事がないだろう。それはいい、金がないならやるな）

「で、でもお祈りして一日でできた果物だよ？　そんなにお金をもらう必要あるの？」

（後でわかる。あいつらには休むだけ休ませて、さっさと出ていかせろ）

それだけ言って、コンティオールは再び眠りに行った。わ、わかんないけど言っとくね！

「なければ差し上げられません。休憩だけして、さっさと出ていきなさい」

あれ？　ついついコンティオールの言葉をそのまま言ったけど、きつい言い方になってない？

別に休むだけならゆっくり休めば……

「も、申し訳ない！　ほ、ほらお前達！　出発だぞ！」

そそくさと荷を片づけている。

あ、あ〜あ、行っちゃった。

でも夜しか移動できないだろうし、のんびりしてお仕事に影響が出るといけないもんね！

あ、気がついたら空が明るくなってきた。

さっきの行商人さん達も、しばらくしたら休むんだろうな。

私もねーよおっと。

第二章　通商交渉と領土拡大　～皆さんの願い、聖女が叶えます～

「誰かおらぬかー！　誰もおらぬのかー！」

私達にとって早朝……と言ってもそろそろお昼近く、また街に誰かが入ってきたみたいだ。

うるさいなぁ、もう。最近はゆっくり眠れてないんだけど。

コンティオールとオードスルスも目が覚めたみたい。

（……今度は何なんだ）

【パパー、ママー、眠いよー】

私も眠い目を擦《こす》り、何とか目を開ける。

水場で顔を洗って、いつものように姿を隠しながら様子を見に行った。

「何？　アレ」

目の前には金属の鎧を装着し、馬にまたがった騎馬隊が……えーっと、いっぱいいる。

何で騎馬隊がこんな場所にいるの？　しかも金属の鎧って、この気温じゃ熱くて触れないいんじゃない？

「何の御用でしょうか」

あ、あれ？　寝起きのせいか、声が変だ。おばあちゃんみたいな声になってる。変な声ー。

「す、姿を見せよ！　この土地はイノブルク国の領地だ、勝手に城を作る事は禁止されている！」

寝起きで頭が回らない。いのぶるく？　……イノブルク……ああ、私がいた国か。じゃあイノブルクの騎馬隊なのかな。

（ずいぶんと遅い登場だな。本来なら一番最初に来なくてはいけないのに）

そうよね～、一応は一番近いんだから、どれだけ警戒が薄いのよって話。

それに、どうせこんな場所使えないでしょ？　だから私達が有効活用するわ！

あのバカ王子に一泡吹かせるのも良いわね！

（まあ、中に入れるくらいは構わな――）

「立ち去りなさい！　この場所に武器は不要です！」

……あれ？　追い返すんじゃ……ないの……？

（あ～あ）

先走ってコンティオールと逆の事言っちゃった……。どどど、どうしよー!!

「立ち去れだと⁉　イノブルク騎馬隊の力を知らぬと見える！　今この場で見せてくれるわ‼」

先頭の人が合図すると、騎馬隊が街になだれ込んできた。

キャー！　きゃー！　どうしよう、どうしよー！

「こ、コンティオールぅ！」

（まったく。仕方がない、ちょっと追い払って――）

【パパ、ママ、あいつら、街を壊してる】

……オードスルス？　どうしたの、そんな低い声を出して。

普段の温厚なのんびりとした口調は消え、久しぶりに体の表面が波打っている。

「お、オードスルス？　落ち着いて？　ね、ね？」

何とかなだめようとしたけど、ダメ、興奮してるみたい。

【パパと、ママと、ボクとで、一緒に作ったのに……！】

水が弾けた。中心の水滴だけが宙に残り、その水滴が急激に膨張を始める。

その体は赤ん坊ではなく、五歳ほどの子供の姿だった。相変わらず口はないけど、目、鼻がある。まだ感情は高ぶっているみたい。

（ほほぉ、感情の高ぶりで成長するのか？　これは興味深い）

「そんな事言ってる場合じゃないでしょ！　オードスルス、落ち着いて、ね？　街はまた作ればいいんだから」

【ボク、許さない。この街はボク達の街だ、壊すのなら……敵だ！】

腕を前に伸ばし、人差し指を突き出す。その指先から、細い水が勢いよく発射された。

太陽の光に照らされて、まるで一本の線に見える。

水が当たった兵士は弾かれるように馬から落ち、その鎧には穴が開いていた。ひぇ、すごく遠いのに、鎧に穴を開けちゃうんだ。

石を切り裂く威力があるから、近かったら命が危なかったかも。

最初は指一本から水を出していたけど、両手を前に突き出して、全部の指から細い水が発射された。騎馬隊の人達は、何かが光ったと思ったら衝撃を受けて馬から落とされているし、何が起こってるのか理解できてないと思う。

水の攻撃は、あっという間に騎馬隊を歩兵に変えた。しかも半分ほどが意識を失っている。

……ウチの子達は優秀ね、それに比べて私は……クスン。

とりあえず、軽い怪我人はいるけれど、誰も死んでいない。

えーっと、コンティオールは街に入れてもいいって言ったけど、こうなったらもう無理よね？

「帰りなさい、ここでは戦いはご法度《はっと》。これ以上進むなら、さらなる災いが襲い掛かるでしょう」

「ひ、ひぃいいいー！」

騎馬隊は慌てふためいて帰っていく。

あ、コラコラ、気を失ってる人達を連れていきなさいよ……って、もう見えなくなった！

馬に乗ってるとはいえ、逃げ足が速いわね。

落ち着いたオードスルスは赤ん坊の姿に戻っていた。感情が高ぶると一時的に成長するのかな？

でもどうしよう……こんなに多くの兵士が残ってるんだけど。

流石《さすが》に放っておけず、三人で街の家に運び込んだ。鎧が重いし熱いし……火傷《やけど》しそうだった。

何とか全員運び込むと、数名が目を覚ました。

「こ、ここは……はっ！　この街の不届き者にやられて！　おい、みんな起きろ！」

（どっちが不届き者やら）

【ふとどきー、ふとどきー】

（正当防衛）

「そっちが先に襲ってきたんですからね？　私達は……えっと」

「そう！　正当防衛しただけです！」

コンティオールに言われなくてもわかっていたもん。

「お前がこの街の主……かぁ!?」

いきなり土下座した。ええ？　今度は何なの？

「せせせ、聖女様ではありませんか！　失礼いたしましたぁーー!!」

「ん？　ああ、元、聖女ですけどね」

「とんでもございません！　あなたが王都を出てからというもの、魔物の動きが活発化し、街を守る防護膜《ぼうごまく》が薄くなり、我々兵士は連日連夜、戦い通しなのです！」

「ええっ？　じゃあどうしてこんな所に来たんですか？」

「それは、王太子の考えた作戦が大失敗しまして……名誉挽回のために、勝手に街を作った不届き者を成敗しろと命令が……」

何それ。フレデリック王太子はあまり頭がよくない。作戦なんて立てさせたらダメじゃない。

呆れてものも言えないわ。

「私にはもう関係ありません。追放された身ですし、ここで好きにやらせてもらいます」

「それが……その」

「まだ何か？」

「戻ったら、また王太子が立てた作戦に駆り出される予定でして……」

それは……むざむざ死者を増やすだけね……。はぁ。

「なら、しばらくは滞在していいですよ。その代わり、きちんと仕事はしてもらいますからね？」

寝ていたはずの兵士が一斉に起き上がり、土下座した。

「ありがとうございます！　精いっぱい尽力いたします‼」

滞在して良いって言うまで、狸《たぬき》寝入りしていたのね。これだから大人って。

（まあそう言うな、こいつらも辛いんだ。それに労働力が手に入ったのは幸先《さいさき》が良いな）

そっか、流石《さすが》に全部を私達でやるわけにもいかないもんね。

そう考えたら、体力のある兵隊はとても役に立ちそう。

【わーい、なかま～】

それから数日が経ち、そろそろ日が沈む頃にお客さんが来た。

「お久しぶりです、ロザリー様。今日は良い話を持ってきました」

ハーフルト国のマクシミリアン王太子だ。

良い話って事は、通商条約を結んでくれるのかな？

「それにしても、ずいぶんと兵士の数が多いですね。何かあったのですか？」

「それが、イノブルク国に攻め込まれてしまって」

「なんと⁉　それでは我が国の兵をお貸ししましょう！」

「ああ、大丈夫です。本隊はもう撤退し、ここにいるのは捨てられた兵士達なんです」

「捨てられた？　あの国は今、大変な状態だと聞きましたが……兵を捨てるとは」

そうよね～、魔物が活発化してるなら、兵は一人でも多く必要だと思うけど……

ん？　まさかワザと置いていったの？　仲間想いな隊長さんが、無茶な作戦に付き合わせないように？

……今の状態なら本当にそうかも。ま、いっか。

「それでは、本題に入りましょうか」

一応は応接室と名付けた部屋で、こちら側は私とコンティオール、オードスルス、向こうはマクシミリアン王太子と護衛の三人がいる。

硬い石のイスに座り、切った果物と水を出した。

「ありがとうございます。我々、ハーフルト国は聖女ロザリー様の国と通商条約を締結し、末永い国交を築く事を望みます」

「ありがとうございます。我が国もハーフルト国とは友好関係を結びたいと思います」

フゥ〜、よかった。まずは一国が認めてくれた。

さて、この後はいくつの国と仲良くなれるかな。

「それでですが、聖女ロザリー様の国は何という名なのでしょうか？」

「……？　名前？」

「はい、聖女ロザリー様の国、と呼ぶわけにもいきませんので」

やばい、全く考えてなかった！　国の名前、国の名前……えっと、えっとぉ！

（何も考えてないいんだな）

コンティオールが呆れたように言う。

「考えているわよ！　ただちょっと候補が多いから、どれにしようか悩んでるだけだもん！」

えっと、この場所はゴスライン荒野だから、ゴスライン国？　いやいや、不毛な荒野そのものの国に聞こえるからヤダ。

じゃあ少し変えてゴス……ゴスロリ？　やめた方がよさげな名前ね。

（ロザリア）

コンティオールがそっと言う。

「ん？」

（花の名前だ。ロザリアなら、お前のロザリーと名前も近いし、誰の国かすぐにわかるだろう）

ロザリア？　ロザリア国のロザリー？

花の名前か～、どんな花か知らないけど、わかりやすくて良いわね。

「あの聖女様？　先ほどから独り言が多いようですが……？」

「あ、すみません、コンティオールと話していました」

コンティオールもオードスルスも、話ができるのは私と数名だけ。この国では私だけかな。

「そ、そうでしたか。それで、聖獣殿との会話は終わりましたか？」

「ええ……国の名前はロザリア。ここはロザリア国です」

「ロザリア……確か花の名前ですね。ロザリア国のロザリー様……素敵な名ですね」

おお、何だかいい評価だ。きっとロザリアってキレイな花なのね。

「ありがとうございます。ロザリア国とハーフルト国の友好の証に、木の実をいくつか差し上げます。かさばらないので持ち運びに便利でしょう」

「それは助かります。国では薬のない病で苦しむ者もいるので、その者達に渡しましょう。我々からは、コレを贈らせていただきます」

護衛の人が背負っていた大きな木の箱を下ろし、中から丁寧に梱包された何かを取り出した。

それをテーブルの上に置いたけど……何これ？

（ロザリーの胸像だな。しかも金でできている）

「わ、私⁉」

私ってこんな顔してるんだ〜、へぇ〜……じゃなくって！　何で胸像⁉

あ、でも本物より少し胸が大きい。ナイス。……いや、屈辱‼

「これを城に入ってすぐの場所に飾っておけば、誰もが見惚れるでしょう」

「こっ、このような高価なものを、い、頂くわけにはまいりません！」

「何をおっしゃいますか。この国、ロザリアの果物や木の実は万病に効く薬。この程度のものは高価とは言えません」

いえ、あのね、本当はお金がどうこうじゃなくて、私の像っていうのが……その……ね？

（はっはっは、見ろロザリー、本人よりも胸が大きいぞ）

「指差して笑わないの！　まだ子供だから小さくて当たり前なの！　これから成長するの！」

【ママだー、ママがふたりいるー】

オードスルスが胸像を水の体で包み込み、持ち上げたかと思うと私と並べた。

「我が国の職人の力を結集して作りました。なかなかのできだと思います。その、聖女ロザリー様は育ちざかりですので、少々将来のお姿で作ったのでしょう」

そ、そうよね？　まだまだこれからだもんね、私！　ハーフルト国の職人、グッジョブ！

「こ、コホン。そういう事でしたら、ありがたく頂いておきます」

なんてお上手なフォローなんでしょう！　王太子だから？　いえいえ、どこかの王太子はこんな気の利いた言葉を言わないわ。カッコイイから？　そうよね、きっとそうよ！　見目麗しい人は言葉も麗しいわね！　マクシミリアン王太子が婚約者だったらよかったのに……

上機嫌でお見送りする。近いうちにハーフルトから物資が送られてくるみたい。

何せこの国……ロザリア国には物がない。

食料は何とかなっても、国民が増えるために必要な物が建物以外は何もない。

全部を頼るわけにもいかないから、どうやって調達しようかと悩んでいると、イノブルクから来た騎馬隊の隊長（仮）さんが相談してきた。

「聖女様、我々をこのままこの国に置いてくださいませんか？　我々の中には家族も呼びよせたいと言っている者もおります。ロザリア国として、国民が増える事は労働力の増加に繋がり……」

長い長～い説得が始まった。でもね、隊長さん……願ったりかなったりですのよ！

「そうですね。まずは皆さんの家族に、居住許可を出したいと思います」

「おお！　ありがとうございます！　料理人や鍛冶職人、大工の者もおりますので、必ずやお役に立てると思います！」

これである程度の資材や人材は揃いそう。ただそうなると、商人が来なければすぐに物資が底をついちゃう。う～ん、商人にとって魅力的な物って何だろう。

【ママー、行商人さんだー】

「そうね、行商人が行き来してくれたら便利なんだけど……え？　今なんて？」

（街の入り口に、以前来た行商人がいるぞ）

おお？　そういえばゴスライン荒野を横断して、向こう側の国に行くって言ってたっけ。日数的には行って帰ってきた感じかな？　前は脅《おど》かすような事を言っちゃったし、今度は言葉に気を付けよっと。

三人で街の入り口に向かうと、五人の行商人さんが入り口周辺でウロウロしていた。

「こんにちは。行商の帰りですか？」

声をかけると、行商人さんが慌てて近寄ってきた。何だかすごく荷物が多いわね。それに……元気。

「その声はこの街の主さんですね⁉　以前はお声のみでしたので、お会いできて光栄です！」

そう言って両手で私の手を握り、しきりに頭を下げている。

この人がリーダーなのかな？　少し太っちょで、短い筒みたいな帽子をかぶってる。

「あの時は失礼しました。少々言葉足らずで、まるで脅《おど》かすような事を言ってしまいました」

「とんでもない！　あの果物にはそれだけの価値がありますから！　お陰でほら！　いつもの五割増しで仕入れができるようになりました‼」

そう言って以前よりも大きくなった、自分達の背丈より大きなリュックを見せてくる。

そっか、行商は順調なのね。暑いから街に入ってもらうと、今度は知らない人に声をかけられた。

「ちょいとすまんが、この街の主はどなたかのぅ」

ずんぐりむっくりのお爺さんが、曲がった腰に手を当て、杖をついて歩いてくる。

「えっと、一応私です」

「おおそうか、それはちょうどいい。ワシは大地の精霊じゃがな？　ここの土地が豊かになった理由を教えてほしいんじゃ」

「ダイチのセイレイさんですか？　この土地が豊かになった理由か～、そうですね～……!?」

このお爺ちゃん、今なんて言ったの？

ダイチのセイレイ？　ダイチ、大地、セイレイ、精霊。

「大地の精霊さん!?　ええー！　そんなすごい人が、どうしてここに!?」

思わず後ずさりして、コンティオールの後ろに隠れた。

【ママー、大地の精霊さんはねー、ボクといっしょで、ずっと寝てたんだよー】

「え？　寝てたって、どうして？」

「うむ、何ぶんこの土地は枯れ果てておってな、ワシが活動するのに必要な、大地の恵みがなかったのじゃ。それがどうした事か、ほんのわずかな間に豊かな土地になり、ワシはそのお陰で目が覚めた、というわけじゃ」

へ〜、大地の精霊って、すごい力で土地を豊かにすると思ってたけど、実際は違うんだね。

エネルギー源が大地の恵み？　えーっと？　野菜とか果物じゃないわよね……あ、地脈かな？

「大地の恵みって、地脈ですか？」

「地脈もそうじゃが、土に含まれる栄養価もそうじゃな。作物が良く育つ土、ワシはそういう所が大好きなんじゃよ」

なるほどね〜、確かに作物は良く育つわね、ココ。ええ、むしろ育ちすぎるくらいに。

「そういう事でしたら、この土地を作った者を紹介します。コンティオール、後はよろしくね」

(む？　面倒くさいが仕方がないな)

「おお、聖獣じゃったか。すまんの〜、面倒くさがらずに、教えてくれんか〜」

(チッ、仕方のないジジィだ)

「これ、ジジィではない、大地の精霊じゃ」

（はいはい……はい？）

「あれ？　大地の精霊さんって、もしかしてコンティオールの声が聞こえるのですか？」

「おお、もちろんじゃとも。そこの水の精霊が言っている事もわかるぞ」

【わーい、おじいちゃーん】

オードスルスが大地の精霊さんの胸に飛び込み、孫を溺愛《できあい》するお爺ちゃんの図が完成した。

オードスルスは可愛いもんね、うんうん、それは精霊同士でも同じなんだね！

私にはわからないコンティオールとお爺ちゃんの会話があったようだ。

「ほ〜、お主やるのぉ、いくら聖なる力が豊富とはいえ、この規模の地盤改良をしてしまうとは」

（それもこれも、俺の力がすさまじいからだな）

感心するお爺ちゃんの前でコンティオールは胸を張っている。

「どれ、ワシからチョットした贈り物をさせてもらうよ」

杖で地面を叩くと、大通りには街路樹が生えてきて、公園には芝生と花が咲いた。街の一角には休憩所ともなる、木でできた家が数軒建つ。

さらに今ある建物にも、日差しを遮《さえぎ》るように木が生えている。

「わぁすごい！　木がこんなにたくさん！　これだけ植物が増えれば、昼間でも活動できるね！」

（うむ。日陰も増えたし休憩所もできた。暑いのは変わらないが、ずいぶんと過ごしやすくなったな）

【すずし1】

「ほっほっほ。それではワシは、適当な家で休ませてもらうぞい」

「どうぞどうぞ。家はいっぱいありますから」

そう言うと、地面に溶けるように沈んでいった。うわぁ。お爺ちゃんが土に潜ってっちゃった。

あれ？　そう言えば何か忘れてるような……あっ！　行商人さん達を放置してた。

「ご、ごめんなさい、すっかり大地の精霊さんに気を取られちゃって」

「いえいえいえ、我々もすっかり話に聞き入ってしまいました」

「えっと、それでは早速ですが、休憩所に行きましょう」

大地の精霊さんが作った家に入ると、天井は細い木が絡まり合ってドームになっている。

細かい隙間が多くあって、風が通る。そよ風が気持ちいい。細かな葉っぱが日陰を作ってくれている。

「お時間を頂き恐縮です。早速ですが、我々がこの街で商売をする許可を頂きたいのです」

思い思いの場所に座ると、行商人さんは仕事の話を始めた。

商売？　行商人さんだから物を売ってくれるのよね？　それは嬉しいけどその、お金がないし。

「とても嬉しい申し出なのですが、ゼロから作ったばかりの街なので、その、お金が……なくて」

「ご心配なく。お代はすでに頂いております。それも返しきれないほどの代金を」

「え？」

「以前頂いた果物です。あれ以来我々は体調が良く、旅の日程を大幅に短縮し、さらに荷物もこれまで以上に持てるようになりました。行商人にとって体は資本そのもの。若い頃でも、ここまで体調が良かった事は記憶にありません。はっはっは」

そうなの？　そう言えば体調が良くなったって騒いでいたけど、そんなに良くなったんだ。

マクシミリアン王太子は古傷が治ったみたいだし、あの果物って便利よねー。

「そういう事でしたら、ぜひ商売をなさってください。今はまだ人口が少ないですが、家族を連れてくるという者もおりますので、ゆっくりとですが、増えていくと思います」

「ありがとうございます！　このご恩は、きっとお役に立つ事でお返しします！」

行商人さんの売り場を決めてしばらくすると、元騎馬隊達が家族を連れて戻ってきた。え、何で？　確か元騎馬隊の数は五十人ほどだった。その中で先行して見捨てられた人達は二十人くらいだったのに、家族の方々の総数は百人を軽く超えている。みんな家族が多いのかしら。その数百二十三人。

わぁ～、イチ・ニ・サンだ～。と、少しだけ現実逃避した私は、新たな課題に頭を悩ませる事になった。

「聖女様、この者達に家を分け与えてくださいませ」

隊長さんから言われたけど、え？　家？　家ならたくさんあるから勝手に住んだらいいんじゃないかな、うんうん。ほら、二人で一軒使ってもまだまだあるし。

（家族単位で家を一軒与えろ。人数の差があれば、その都度調整すればいい）

は！　そ、そうよね、わかってたわよ。家族で来たんだし、家族で住むのが普通よね。

「それでは一家族につき、一軒使ってください。人数の調整が必要ならば、その都度行いましょう」

「ありがとうございます。それでは我々が住む場所はどういたしましょう」

ば、場所⁉　場所って、え？　ど、どこでも良いんじゃないの⁇

（同じ仕事をしている者を区画ごとに集めろ。少数の職種は一か所に集めよう）

え？　何で？　みんな同じ場所の方が良いんじゃないの？　と思いつつ伝える。

「それでは職種ごとに区画を分けましょう。人数の少ない職種は一か所にまとめます」

「なるほど！　流石《さすが》は聖女様、街を治めるための知識もお持ちなのですね！」

「おっほっほっほっほ」

ほっほっほっほ、笑って誤魔化すしかないじゃない！　どうして分けるのか意味わかんないよ！

（職種がバラバラだと、探すのが手間だからだ）

……おお、流石《さすが》は私の聖獣ね、なかなか博識ね！　これ以上私に聞かれてもムリ！

わかんない！　私の心配とは裏腹に、移住は滞りなく進んでいった。

ついでに行商人さんとの売り買いも始まり、必要な物はある程度揃ってきたみたい。

「街って、私が何もしなくても発展していくのね」

お城の窓から街を見ているけど、移住してきた人達はお金も持っているし道具もある。

だから自分達でいろいろとやり始めている。

（最初だけだ。ある程度発展したら人口も増えず、商売も停滞を始める。それからが本番だ）

「えぇぇ……そんな先の事なんてわかんないわよ」

（経済に詳しい奴が欲しいな）

「そんなの……そんな都合よくいるわけないじゃない」

数か月間、行商人さんと兵士達に街を任せ、住民が増え、行商人の数も増えていった。

そしてある日、マクシミリアン王太子が訪れた。

「お久しぶりです、聖女ロザリー様」

「お久しぶりですね、マクシミリアン王太子。今日はどうなさいましたか？」

「実は……折り入ってお願いがあって参りました」

話を聞くと、どうやらハーフルトの貴族の間で疫病《えきびょう》が流行り始め、薬がないのに市民にまで広がったのだとか。そういえば前に来た時言ってたわね、薬のない病で苦しむ人がいるって。

あれ？　でも木の実を渡したはずだけど、それでもダメだったのかな。

「それは大変ですね。しかしマクシミリアン王太子、以前お渡しした木の実はどうです

でした」

「味は変わらず美味しいのですが、聖なる力を失っており、病には効き目がありません
か？　食べさせてあげれば、多少の改善はあると思うのですが」

（ぬぅ？　そんな事があるのか。聖なる力は神殿や教会があれば街中に満ちているはず、
それなのに木の実の力が失われただと？）

そうよね、神殿や教会、ましてや聖女がいる国なら、聖なる力で国全体が満たされて
いるはず。

力を失うなんてあるのかしら。

「なら病人をこの街に連れてこれますか？　それならば……」

（やめんかバカ者が！）

「何よバカって！」

（疫病《えきびょう》を街に呼び込むつもりか！　やっと増えてきた住民を不安にさせてどうする！）

あ、そ、そうだったわね。疫病《えきびょう》の最大の予防は近づかない、運ばない、運ばせない、
だった。

えっと、じゃあどうしたらいいんだろう。

「……私が、そちらに行きましょうか」

(お前は！　俺の言う事を聞いていたのか!?)

「待って、コンティオール。街に行くと言っても門の外まで。そこで木の実を渡して、門の中で待機している病人に食べてもらうの。それなら直接接触しないし、果物の効果も保てると思う」

(それは……そうだが……)

「コンティオール、私助けたい。困ってる人がいるなら、できる限りの手助けをしたいの。行かせて、コンティオール」

とても困った顔をするコンティオール。無茶を言ってるのはわかってる。門の外でも、万が一はある。疫病《えきびょう》なんて、どこに潜んでいるかわからないんだし。

(わかった。ただし、俺も付いていく。いいな)

「ありがとう、コンティオール！」

頭を撫《な》でると、イヤイヤながらも喜んでくれた。それじゃあ木の実を用意して……

あれ？

「話は聞かせてもらったぞい」

床から大地の精霊のお爺ちゃんがせりあがってきた。一階の床は地面のままだから出入りが自由みたいだ。

「そういう事ならワシに任せなされ」

お爺ちゃんが張り切ってるけど、何を任せてほしいんだろう。

疫病《えきびょう》の治療方法を知ってるとか？

「さあさあ、時間がないのじゃろ？　木の実を持って建物の外に出るのじゃ」

そう言って私達を外に追いやり、お爺ちゃんは杖で地面を叩く。

するとどうだろう、地面に穴が開いて階段で地下に行けるようになった。地下を通って行くの？　さっすがお爺ちゃん！　これなら日中の焼けるような暑さを気にしないで良いわね！

必要な分の木の実を手に、階段を下りていく。地下は涼しいわね。風もあって……あれ？

「お爺ちゃん、もう出口があるわ。場所を間違えたんじゃない？」

「いいや、間違っとらんよ。さあ出た、出た」

みんなで顔を見合わせたけど、大地の精霊が言う事だから、と階段を上った。

階段を上ると荒野の強い日差しが眩し……くない。

「あれ？　あんまり暑くないよ？」

（うむぅ？　これはどういう事だ。ここは一体どこだ？）

「ああっ！　ここはハーフルト国の城門前です!!」

マクシミリアン王太子がいきなり叫び声を上げた。

いやいや、ロザリア国とハーフルト国ってどれだけ離れていると……!!

「そう言えば木が生えているし、地面が柔らかく草も生えてる……この城門……ハーフルト国だわ！」

「ほっほっほ、到着じゃな。ささ、早速用事を済ませるのじゃ」

みんな頭が混乱してる。コンティオールですら驚いてる。お爺ちゃんすごい！

「え、ええっと、少々待っていてください。中と連絡を取りますので」

マクシミリアン王太子が門番に話をし、小走りで戻ってきた。

「それでは裏口に回りましょう。そちらに患者も回します」

流石《さすが》に正門に疫病《えきびょう》患者を集めるのは危険よね、後に付いて長い城壁沿いに歩くと、人一人がやっと通れる大きさの扉が見えた。

王太子の護衛がノックすると、鳥の顔みたいな長いくちばしの人が現れた。誰!?　化け物!?

（防護服だ。どこから感染するかわからないからな、完全防備で来たのだろう）

あ、ああボウゴフク？　そう言えば見た事あるわね、座学で習ったわ。

護衛の人が防護服の人が持つカゴに木の実を入れると、すぐに引き返していく。

「この短時間であれば、木の実の効果を保てるかもしれません。ご老人、本当に感謝いたします」

マクシミリアン王太子が頭を下げている。

王太子がそんな簡単に頭を下げるなんて……それだけ逼迫《ひっぱく》してたって事なのかな。

「ほっほっほ、構わんよ。嬢ちゃんには世話になっとるし、お主も仲間なんじゃろ？」

「仲間ですか。確かに聖女様とは友好関係にありますから、仲間ですね」

王太子が私を見て微笑んだ。キャッ、眩しい笑顔！　カッコいい人の笑顔は破壊力抜群よね！

それにお年寄りに優しいのもポイントが高いわ！

「でもお爺ちゃんすごいわね。流石《さすが》大地の精霊！」

「なんのなんの、嬢ちゃんに比べたら大した事ないわい」

「大地の……精霊……様ぁ⁉」

マクシミリアン王太子もその護衛も大声を上げた。わ、何なに？　いまさらどうしたっていうの？

（こいつらが爺さんを見たのは、今日が初めてなんだぞ。大地の精霊だなんて知らんだ

ろう）

あ、そっか。そう言えばそうよね。

最近はお爺ちゃんも含めて四人でいる事が多いから、すっかり忘れてたわ。

「こ、この地方の大地の精霊というと、まさか大精霊エルボセック様ですか⁉」

「ほっほっほ、久しぶりにその名で呼ばれたのう。自分でも忘れておったわい」

【おじいちゃん、だいせーれーだったの？】

「ん？ そうじゃよ。でもワシはオードスルスのお爺ちゃんじゃぞ」

【わーい。いつものおじいちゃんだー】

お爺ちゃんに肩車をしてもらって喜んでる。ああ、この二人を見てると癒されるわ！

「し、失礼いたしました！ エルボセック様とは知らず、今までの無礼、なにとぞご容赦を‼」

王太子と護衛がいきなり跪《ひざまず》いて謝罪してる。

え？ 何か失礼な事したの？

「やめいやめい、ワシは何もできずに眠りについた役立たずじゃ」

「しかしゴスライン荒野が荒野で留まったのは、間違いなくエルボセック様のお力です！ そうでなければ今頃は、生き物の住めない砂漠になっておりました」

そうなの？　ゴスライン荒野って昔から荒野じゃなかったの？　確か座学で習った……かも？

(俺が教えたはずだがな)

ギク。コンティオールに教わったっけ？　えーっと、あーうんうん、教わったかも。あれ？　コンティオールは気づいてたの？　顔を縦に振る。じゃあ、言ってくれても良くない？

裏門の扉がノックされた。

護衛の人がお爺ちゃんに一礼して扉に近づくと、何か小声で話をしてる。

扉が閉まって戻ってくると、また跪《ひざまず》いて報告する。

「患者に多少の改善は見られましたが、治るまでには至らないようです」

「そうか、この短時間でも効果が弱まったのか。という事は、ロザリア国から出た瞬間から、劣化が始まっているのかもしれないな」

王太子は報告を受けて難しい顔をした。

ん？　治癒の効果が弱まってたんだ。でも木の実ってそんな簡単に傷《いた》むもの？

「ちょいと木の実を見せてくれんかの、うむありがとう。ほうほう、ふむふむ、なるほどの～」

「お爺ちゃん、何かわかったの？」

「そうじゃな、嬢ちゃんや、この木の実に祈りを捧げてくれんか。木の実が元気になるような祈りをの」

「え？　うん、いいよ」

お爺ちゃんから渡された木の実を両手で包み、元気になるようにお祈りをする。

元気になれ〜美味しくなれ〜……元気に〜美味しく〜美味しく〜……何か美味しくの方が多くなってきた。じゃあ最後は精いっぱいの力を込めて。

「元気になれ!!」

木の実から光があふれ出す。何⁉　何これーー!!

あふれた光は私を包み、さらに大きくなってみんなを包むように広がっていく。

次の瞬間光が消え、何事もなかったように静まり返る。な……何だったの今の。

「ほっほっほ、嬢ちゃんはすごいの〜ぅ。お陰でワシまで元気になったわい」

お爺ちゃんが元気になるんなら、それは良い事……⁉

「誰⁉」

目の前には杖を持ってるけど、腰まである長い金髪の超美形がいた！

首の後ろにオードスルスが掴まってるけど……お爺ちゃん？

「おお！　エルボセック様の全盛期のお姿！　この目で見られるとは！」

崇《あが》め始める王太子とその護衛。

全盛期の姿？　お爺ちゃんってこんなにカッコよかったんだ！

「でもどうして？　何でいきなり若返ったの？」

(そりゃお前が力いっぱい『元気になれ』って祈ったからだろう)

「え？　だって木の実が元気になるようにって……」

「ほっほっほ、ワシは木の実のおこぼれで若返ったのじゃな」

「ちょっとお爺ちゃん！　髪をかき上げながら渋い声でそんな事話さないでよ！　それにもっと若者っぽく喋《しゃべ》って！」

ちょっと今の仕草はドキッとした！　若返ったお爺ちゃんと、それを恍惚《こうこつ》とした目で見るマクシミリアン王太子……いけない妄想をしちゃいそう。

扉が激しく叩かれている。壊れそうなくらい。それに扉の向こうで大声で叫んでいる。

慌てて護衛の人が開けると、鳥の顔を……あれ？　鳥のマスクをしてない人がスゴイ大声で喜んでいた。

「治った！　治ったぞー！　疫病《えきびょう》患者が元気に歩き回ってるぞ!!」

何だか扉の中はお祭り騒ぎになってる。

もう勘弁してよ。お爺ちゃんが美形だってだけで驚いてるのに、これ以上は許して。

「聖女様！　ありがとうございます、何とお礼を言ったらよいか」

王太子は私の右手を両手で握り、涙を流しながら喜んでいる。

お爺ちゃんにもビックリしたけど、やっぱりマクシミリアン王太子はカッコイイ……

両手に花⁉

そっとお爺ちゃんに左手を伸ばすと、不思議な顔をして手を握ってくれた。

ほわぁーー！　まごう事なき両手に花！　もう死んでもいい！

（死ぬなバカモノ）

は！　いけないイケナイ、幸せすぎて逝《い》っちゃうところだったわ。

えーっと、そうそう、元気になったのよね？　じゃあこの木の実はどうしよう。

「あ、ねぇお爺ちゃん、この木の実は元気になったの？」

「ん？　ああ元気じゃよ。元気すぎて、地面に植えたら一瞬で木が生えてくるレベルじゃ」

（しかしおかしいな、この国にも聖女がいるはずだが、聖なる力が弱すぎる）

コンティオールは首をかしげて言った。

「うむ、それはワシも感じておった。聖なる力が弱すぎて、嬢ちゃんの木の実から聖なる力が流れ出てしまっておるわい」

「え？　聖なる力って流れ出ちゃうものなの？」

「力の差が大きければ大きいほど、流れ出る量も増えるのぅ」

「その……申し訳ございません。今の我が国の聖女様はお歳を召しておられまして……最近は床に臥《ふ》しておられます」

お婆ちゃんなんだ。そう言えば私の前の聖女もお婆ちゃんだったけど、床に臥《ふ》す前に交代した。

そうなる前に交代するもんだって言われたけど、ハーフルト国は次の聖女がいないのかな。

「そうですか、それならばこの木の実を聖女様にお渡しください。効果があるかもしれません」

ハッとしたように顔を上げ、護衛の人が急いで街の中に持っていった。

あれで少しは元気が出てくれると良いんだけどな。

「のうコンティオール、ひょっとして嬢ちゃんは自分の力を知らんのか？」

（ああ、本人は一般的な聖女のつもりでいる）

「一般的な……のぅ」

「どうしたの二人とも、ヒソヒソ話なんかして」

「何でもない。嬢ちゃんはカワイイのぅ、と話しておったのじゃ」

頭を撫《な》でてくれた。ごろにゃん、って猫か私は！

頭を撫《な》でられたからって嬉しいわけじゃ……ウレシイけど、チョロイ女とか思わないでよね！

「聖女様、皆様、どうやら街の中は安全になった様子。ぜひ我が城を案内させてください」

病人もいなくなった事だし、もう安全だって言うなら入ってもいいよね？

念のためチラリとコンティオールを見ると……険《けわ》しい顔をしてる！　あ、でも首を縦に振った。

「それではお邪魔いたします」


城壁の正面に戻り、少しの間待つと改めて門が開いた。

「ようこそ我がハーフルト国へ！　聖女ロザリー様！」

門が開くと、そこには大勢の人が踊り、花吹雪が舞っていた。

……？　お祭りの最中？

(歓迎のセレモニーだろう。お前が疫病《えきびょう》をなくしたから、大歓迎されてるんだ)

「へ？　私？　病気の人を治しただけよね？」

「嬢ちゃんが木の実を元気にしたじゃろ？　その副作用で病気そのものがなくなったのじゃよ」

「……ふ、ふ～ん、そうなんだ。さ、流石《さすが》私よね？」

副作用って、お爺ちゃんが若返っただけじゃなかったんだ!!

ひょっとしてコンティオールが険しい顔をしてたのって、私が何かやらかしちゃったから!?

(別に怒ってなどいない。お前が力を使いすぎたから、体調が心配だっただけだ)

「なぁ～んだ、そうならそうと言ってよ、もー。お茶目さんなんだから」

たてがみをツンツンした。そしたら大歓声が上がった!!

「うおお！　聖女様ばんざーい！」

「聖女様、聖獣様、ばんざーい！」

「キャー！　聖女様カワイイー！」

「見てみてあの男の人！　ワイルドでカッコイイ！」

ちょっと!?　誰今お爺ちゃんをカッコいいって言ったのは！

お爺ちゃんとマクシミリアン王太子のカップリング以外は認めないわよ！

(くだらない事を考えてないで、手くらい振ったらどうだ)

あー、うん、そう言えばそうだね、一応歓迎されてるっぽいし、応えなきゃね。

聖女モード、聖女モードっと。こほん。ゆっくりと歩みを進め、おしとやかで優しい笑顔を作り、右手を小さく振ると、さらに歓声が大きくなった。

うわっ、こんなに歓迎されたのは初めてだし、それに……アイタッ！　紙にまじってコインが飛んでくるんですけど⁉　何これ、おひねり？

コインを一枚拾おうとしたら、後ろを歩いてたコンティオールに鼻先でお尻をつつかれた。

「きゃ、何よ」

（自分で拾うな。衛兵が後で回収する）

「そうなの？　でも何でコインが飛んでくるの？」

驚きながら尋ねると王太子が言った。

「驚かせてしまい、申し訳ありません。我が国は演劇が盛んでして、お気に入りの演者に紙で包《つつ》んだコインを投げる慣習があるのです」

「そ、そうでしたか。演者が怪我をしてしまいそうですね」

「あ、いえ、投げるといっても足元でして……」

は⁉　そ、それもそうよね、お気に入りの演者の顔面にコインを投げるなんて、ファン失格よね！

私が頬を赤らめている間、オードスルスの体には大量のコインが溜まっていった。体が水だからそのまま吸収できるし痛くないみたい。……金のなる木、発見。

歓声を通り抜け、やっとの事でお城に到着した。ふぃ〜、見せものになった気分だったわ。

「それでは応接室へご案内いたします」

マクシミリアン王太子に付いていくと、イノブルク国の応接室より豪華な部屋に案内された。

ハーフルト国の方が領土が少し大きいし、文化的にも歴史があるから、格上ね。

部屋の調度品を見ていたら、扉がノックされて開かれた。

「聖女様、こちらがハーフルト国国王、私の父です」

ほあぁ⁉　いきなりお父様を紹介するの⁉

マクシミリアン王太子いつの間に……お爺ちゃんとそんな仲に？

「初めまして聖女ロザリー様。此度《こたび》は我が国をお救いいただき、誠にありがとうございます」

相手が聖女とはいえ、国王が頭を下げるなんてよっぽどだ。それだけ病人が多かったのね。

そして……国王様の隣ではお婆ちゃんが手を引かれて立っている。あれは……聖女服だ。

「あなたが聖女ロザリー？　まだお若いのに、すごい力を持っているのね」

「い、いえいえ、私なんて平凡の中の平凡と言われています。それに若輩者なので、力の制御も苦手で……」

「ほ、ほ、ほ、ほ。制御は慣れるしかないわね」

お婆ちゃん聖女は杖をついているけど、足取りはしっかりしてる。

あれ？　そう言えば床に臥《ふ》せってるって言ってなかった？

(うむ。どうやら木の実を食べたようだな。加齢はどうしようもないが、弱っていた箇所がキレイに治っている)

「そ、そうなの？　でもそれじゃあ、どうしてこんなに聖なる力がよわ――」

「まあまあ、立ち話も何ですし、座りませんか？」

マクシミリアン王太子がソファーを勧めてきた。お婆ちゃんは立ってるのが辛そうだ。

「時に……あなた様が大地の大精霊エルボセック様ですか？」

「うむ、ワシがエルボセックじゃ。じゃが、大精霊はやめてくれ、何もできなかった無能者じゃ」

　お婆ちゃんがお爺ちゃんと話してる。

　言葉だけ聞いたらお似合いなんだけど、実際はお婆ちゃんと青年。孫？

「それにそちらの赤ちゃんは水の精霊ですね？」

【そーだよー。パパとママのこどもだよー】

　しかしお婆ちゃんからは返事がない。

　あ、コンティオールとオードスルスの言葉って、他の人には聞こえないんだった。

「うむ、パパとママの子供じゃと言っておるな」

「パパ？　ママ？　精霊に親がいるのですか？」

「今の場合じゃと、聖獣コンティオールと聖女ロザリーじゃな」

「な⁉　聖女様は聖獣殿と婚姻関係に⁉」

「ちょ！　待ってください、マクシミリアン王太子！　そんなわけありません！　たまたま私とコンティオールの共同作業で生まれただけですから！」

（おま！　また誤解を招くような言い方を！）

「ほほぉ、やはり聖獣と聖女はそういう関係じゃったか」

「お爺ちゃんも変な言い方しないの！　コンティオールが頑張った時の子でしょ！」

（お前はもう喋《しゃべ》るな！）

【えっとね、えっとね、ボクはパパが水をくみ上げてくれたから目がさめて、ママがおいしい果物をくれて大きくなったの】

「そうだったんですか。納得いたしました」

お爺ちゃんの通訳に加えて説明すると、マクシミリアン王太子も国王様も、聖女様も安心したような顔をした。

私がどれだけ説明してもダメだったのに、オードスルスが説明したらみんな納得した。

納得いかない！

「時に聖女ロザリー様、あなたはどうしてイノブルクを追放されたのだ？　あなたの能力は高く評価されていたはずだ」

この国王様、私こそ一番知りたい事を聞いてきた。

そもそも国なんて欲しくないのに、イノブルクを乗っ取って私に何の得があるっていうのよ。

「どうやら私は、国を乗っ取ろうとした事になっているようです」

「それは噂としては聞いているが、聖女が国を乗っ取ってどうなる？」

「それは……私が教えてほしいくらいです」

今私はロザリア国を作ってるけど、それはコンティオールが聖なる力を補充するために、その国の聖女という立場が必要だから。

聖女から聖なる力を補充しないと、コンティオールはいなくなってしまう。

……あれ？　そう言えば最近は体が小さくなっていないな。

前は聖なる力を使ったら、体が一回りも二回りも小さくなったのに。

ロザリアが国として機能し始めたからかな。じゃあ、これ以上は大きくする必要ないのかな？

「父上、イノブルク国のフレデリック王太子は嫉妬深いと聞きます。聖女ロザリー様の名声を疎《うと》ましく思ったのではないでしょうか」

「これマクシミリアン、想像だけで発言してはならん。嫉妬などと、相手は王太子なのだぞ」

「は、失礼しました」

そうよね～、いくら何でも国を背負って立つ存在が聖女に嫉妬なんて……いや、ありえるかも。

その後はハーフルトのお婆ちゃん聖女様からいろんな事を教えてもらった。

やっぱり経験って大事よね。自分ではできているつもりでも、教えてもらったら効率が良くなった、ってのがいっぱいあった。

夕食も一緒に頂き、たくさんのお土産と大量のコインを渡された。あ、あの時のおひねりだ。

「硬貨にはこちらのお礼も追加しておきました。この度は本当にありがとうございました」

そう言って王太子は深々と頭を下げてきた。

ちょ、ちょっと待って、私は大した事してないってば！

「そんな、マクシミリアン王太子にはお世話になってますし、私の微々たる力でよければ、いつでもお力になりますから、面《おもて》をお上げください」

「聖女様、私の事はマックスとお呼びくださいませんか？」

「マ、マックスですか？　えっと、その、マックス王太子」

「王太子も抜きましょう」

「え⁉　えーっと、マ、マ……ックス」

「ありがとうございます」

な、何微笑んでんのよ！　い、いくらカッコいいからって、微笑んだくらいじゃ嬉しくなんて、嬉しいけど、嬉しくなんてないんだから！

よ、よーし、そっちがその気ならこっちもヤルわよ。

「それではマックス、私の事はロザリーとお呼びください」

「そ、そんな！　聖女様を呼び捨てになんてできません！」

「ロ・ザ・リーですよ、マクシミリアン王太子」

「ぐ……ロ、ロザ……リー」

「はい、マックス」

へっへ～んだ、ほらほら、恥ずかしかろう！　私だってマックスだなんて愛称で呼ばされて……呼ばされて……嬉し恥ずかしだけど。あれ？　少し胸がドキドキしてる、何で？

ん？　何ニヤケてるのコンティオール、お爺ちゃん。あれ？　国王様とお婆ちゃん聖女様まで？

な、何よその『若い子はいいわね～』みたいな顔は！

なぜだか、とても温かい目でお見送りされた。

「おおそうじゃ、この地下通路はそのままにしておくから、いつでも使って良いぞ」

「それは助かります。道中の安全が確保されれば、商人や旅人の往来も盛んになるでしょう」

すっかり暗くなり、城門前で地下道に入る時になって、お爺ちゃんがナイスな事をしてくれた。

これ便利よね～。


地下通路を抜けてロザリア国に戻ってくると、夜なのに松明《たいまつ》を持った人が多く行きかっていた。

「あ、隊長さん、ずいぶんと騒がしいですが、何かあったんですか？」

「おお聖女様！　お帰りなさい。実は今、聖女様に面会を求める王子達が各国から集まり、言い争いを始めてしまったのです！」

ほえ？　王子様がたくさん来てる？

っていうか、何で同じ日に来るの？

「とにかくこちらへ来てください！　あいつらときたら、言う事を聞かないわ自分勝手だわで、手が付けられないんです！」

隊長さんが本当に焦ってる。

でも何で？　王子様っていうのは、マックスみたいに冷静でカッコイイんじゃないの？

ワガママ王子様？　元気な王子様はアリだけど、ワガママはチョットなぁ～。

（放っておくわけにもいかん。まずは話だけでもするぞ）

「そうね、コンティオールやオードスルスも、お爺ちゃんもいるし。負ける事はないわよね！」

「嬢ちゃん？　喧嘩をしに行くわけじゃないんじゃぞ？」

「もうお爺ちゃん！　若い声なんだから喋《しゃべ》り方も若くしてってば！」

【ママー、何だか鉄の音がするよー？】

「え？　鉄？　……まさか！」

いくら何でも武器を手にする事なんてないわよね？　王子様よね？　国の代表よね⁉

でも心配だから、急いで王子達が集められた場所に走った。

「ええい忌々《いまいま》しい！　なぜ貴様らなどと同じ空気を吸わねばならんのだ！」

「それは我《われ》の言葉だ。お前達と同じ場所にいるだけでも魂が穢《けが》されるぞ」

「ゲハッ、ゲハッ、ゲハッ。やるならさっさとかかってこんか。全員の首を国に送ってやるぞ」

「君らは下品じゃな。余《よ》は君らを成敗せねばならぬようじゃ」

四人が剣を抜いていて、その後ろには必死に四人を止めようとしている人がいる。

四人が王子様かなぁ……それを止めようとしてるのは護衛？

それぞれの護衛が十人以上いるから、万が一にでも争いが起きたら、隊長さん達では押さえきれないわね。

「皆さん、ここでは争いはご法度《はっと》です。武器をお納めください」

まったく、いい大人が何やってんのよ。私みたいな子供にたしなめられて恥ずかしくないの？

……たしなめられろよ！　何でまだ剣を持ってんの！　私の話を聞けぇ！

「皆さん！　聞いてください！　争いをやめて！　武器を納めてください!!」

やっと四人と護衛達がこっちを向いた。

ふぅ、興奮しすぎて聞こえなかったのかな。これでやっと話ができるわね。

「ゲハ。何だ女？　話をしたいのならこいつらを殺した後だ」

だからヤメロって言ってんでしょ！

何コノ脳筋達磨《だるま》。すごく背が高いし、両手に大きな斧を持ってるし、上半身は破れたベストしか着てないし、何で鎖を腕に巻いてるの？　しかもつるっぱげ。

「すまないがお嬢さん、こいつらは倒さねばならん相手なんだ。危ないから下がっててくれ」

騎士みたいな鎧と剣を持ち、赤い大きなマントをなびかせている人。一見まともそうなセリフだけど、その顔は戦いが楽しくて仕方がないような表情だ。

「女は下がっていろ。我《われ》は穢《けが》れを払わねばならぬ宿命。女に見せるモノではない」

頭にターバンを巻いた目つきの鋭い褐色の肌の人。湾曲した剣を持ち、服装も布を体に巻き付けたような感じだ。この人は冷静そう。

「其方《そなた》は？　余《よ》はこれから成敗を開始するのじゃ。見物なら下がっておるのじゃ」

顔が真っ白に塗られている人は、扇子を広げて口元を隠している。何重にも重ねられた着物が重そうだけど、この人は武器を構えていない。

う〜ん、どうしてやろうかこんちきしょう共め。面倒だからお帰りいただこう。

「争いを止めないのであれば、出ていっていただきます。さあ、お帰りください」

冷静に〜冷静に〜。落ち着け私。怒りをぐっと堪えて、丁寧に対応するのよ。

でも……やっぱりというか何というか、言う事を聞いてくれない。

何なのこの人達！　一応私ってば国の代表よ？　それをわかっててそんな態度を……！

「名乗ってなかった！」

（やっと気づいたか）

「相変わらず嬢ちゃんは抜けておるのぅ」

【ママー、ボク、あのひと達キライ】

「ま、待ってねオードスルス。倒すのはいつでもできるから、ね？」

その言葉に反応したのは脳筋達磨《だるま》だった。

「ゲハ？　俺様をいつでも倒せるだと？　ゲハッゲハッゲハッ！　馬鹿にするな女！　お前から殺してやるぞ！」

脳筋ハゲが斧を振り上げて襲い掛かってきた！　何で⁉　私何か言った⁉

（まあ、言ったな）

コンティオールが私の前に出て、脳筋達磨《だるま》の前に立ちはだかる。

脳筋達磨《だるま》が斧を高く振り上げ、力いっぱい振り下ろす。ま、そんな攻撃に当たるコンティオールじゃないけどね！　斧がコンティオールを直撃した。

何で⁉　それくらい避けられるで……ああ、そういう事。斧はコンティオールを切り裂くどころか、体毛で防がれていた。毛すら切れないのね、今のコンティオールは。

「げ、ゲハ？　な、何だこの白いライオン」

高さは同じくらいだけど、コンティオールの体長は四メートルほどある。

体格差がありすぎるわね。

目の前にある脳筋達磨《だるま》の頭を咥《くわ》えて、二、三回振り回した後で放り投げた。お〜飛んだ飛んだ。

「白いライオン……まさか」

「ほう、アルビノの獅子《しし》か」

「すると其方《そなた》が聖女じゃな？」

その通りだけど……私じゃなくってコンティオールの方に先に気づくなんて納得いかない！

そりゃ聖獣としては有名だったらしいけどさ。ま、いっか。

「争いをおやめなさい。そして速やかに国から出ていくのです。あなた方に開く門はありません」

あーもう。マックスみたいに良い王子っていないのかしら。

騎士風の人とターバンの人は顔は悪くないのになぁ。性格がこれじゃムリ！

「出ていけ？　何を言っている元聖女よ。ここは私が頂く、出ていくのはお前だ」

「お前ではない、我《われ》が引き継ぐのだ。聖女は残っても構わないが、我《われ》に忠誠を誓え」

「余《よ》に命令するとな？　よかろう、身をもってわからせてくれる」

あ、あるぇえ？　これは誰と友好を結ぶかっていう騒ぎじゃなかったの？

何だか全員が敵みたいなんですけど！

「元聖女が出てきたなら話が早い。この場所は我が国の領内にある。したがってここにある物は全て我が国の物だ」

「一番遠い国の者が何を言っている。我《われ》の国が一番近いのだから、ここは我《われ》の物だ」

「この場所は以前より余《よ》の国が領地を主張しておるのじゃ。余《よ》の言う事を聞くのじゃ」

全員が同じ事を言ってるのに、意味する事が全員違う！

どこかに飛んでいった脳筋達磨《だるま》も同じなのかなぁ。

それにこの場所ってイノブルク国の物だと思ってたけど……あれ？　ひょっとして同じ穴の狢《むじな》？

領地を主張しなかったハーフルト国が例外って事なのかな。どちらにせよ、私はコンティオールのために国を作って、聖女として聖なる力を補充しなきゃいけないの。それは絶対に譲れない。

それに考え方を変えれば、どの国も自国の領地だと主張するんなら、今は誰の物でもない。

実効支配してしまえばこっちの物よ！

（すごいなロザリー、いつの間にそんな言葉を覚えたんだ？）

「へっへ〜、この間読んだ物語に書いてあったのよ！」

「おい元聖女。お前は時々独り言を口走るが、ひょっとして頭が残念なのか？」

騎士っぽい風貌の王子がひどい事を言った！

頭が残念って何よ！　もーカチンときた！

「あなた方には聞こえない声が私には聞こえるのです。心の穢《けが》れた人間には無理なのでしょうね」

「何だと女！　我《われ》が穢《けが》れていると言うのか！」

ターバン頭が怒ってる。もっと怒れこんにゃろ。

「穢《けが》れにまみれています」

「ほっほっほっほ。穢《けが》れを祓《はら》うとほざきながら、自らが穢《けが》れておるのじゃな」

あ、また三人が睨《にら》みあいを始めた。

どうしよう。友好関係を築くつもりがないなら、さっさと帰ってほしいんだけどな。

「ここはあなた方が来る場所ではありません。穏やかに交渉するつもりがないのならば、早々にお帰りください」

この言葉で三人は私に武器を向けた。

ええええ、そうでしょうともね。ちょっとコンティオールにお願いしてこの人達を――

【ママにひどい事をするなら、ボクが許さない】

いつの間にかオードスルスが少年モードになってた！

その変化に三人と護衛達は驚いたようで、私ではなくオードスルスに向き直る。

「おっと、ワシの孫に武器を向けるとはのぅ。お仕置きが必要なようじゃ」

お爺ちゃんが片手を前に出すと、手のひらが光ってる。

あ、あれ、少しは手加減をしてあげないとこの人達……

あっという間に三人と護衛は倒されて、地面に突っ伏した。コンティオールが手を出すまでもなかった！　流石《さすが》精霊ズ！　そして忘れた頃に脳筋達磨《だるま》とその護衛が戻ってきた。

「ゲハ？　何だ？　お前ら何で倒れてんだ？」

頭をポリポリかきながら、脳筋達磨《だるま》が私を見た。

「お、お前がやったのか？」

「ワシらじゃよ。嬢ちゃんが手を出すまでもないわい」

「ゲハ？　その女、つ、強いのか？」

「聖女じゃからな。ワシらよりずっと強いのぅ」

彼は私を見て、倒れてる人を見て、もう一度私を見た。

「お、お願いだ！　俺様の国を助けてくれ！」

突然土下座して、拝むように手を合わせた。

……ほえ？　え？　この場所を渡せってんじゃないの？　だってさっき……あ、脳筋はコンティオールに吹き飛ばされたんだ！

あ、あれぇ？　そう言えばこの人、他の王子を殺すって言ってたし、私に侮辱されたと思って襲い掛かってきたのよね。ここを渡せとか配下になれとか、そんな事は言ってなかったかも！

「ここには素晴らしい聖女がいて、どんな願いでも叶えてくれるって聞いた！」

そ、そそそ、そんなに素晴らしくはないけどぉ～？

でも、本当にここに来た目的が助けを求めてだったら、力になってあげたい。

チラリとコンティオールを見ると、コンティオールも困った顔をしていた。

コンティオールも気づいてなかったわね、この人の目的。

「ふむぅ、お主は、助けを求めるためにココに来たのじゃな？」

「そうだ。俺様の国を助けてくれぇ！」

隊長さん達に他の王子と護衛を街の外に捨ててきてもらい、私は脳筋達磨《だるま》と話をする。

「すまねぇ。俺様はジェイソン、カットスター帝国の王太子だ」

応接室（仮）に案内すると、最初に会った時とは全然違って、とっても恐縮してる。

「私がロザリア国の代表ロザリーです。そして聖獣のコンティオール、水の精霊オードスルス」

「ワシは大地の精霊エルボセックじゃ」

「聖獣に水の精霊……大精霊エルボセック様までいたのか。ここはすごい所なんだな」

何かさっきと全然印象が違う。もっと乱暴者でガサツで、自分の事しか考えていない人と思ってた。

「それで、助けてほしいとは、どういった事でしょうか」

「そ、それだ！　今俺様の国、カットスター帝国では山が崩れて、その先にある街が孤立しちまったんだ！」

カットスター帝国って、確かゴスライン荒野とは隣接してない国よね。

わざわざ国を跨《また》いで、この危険な荒野まで来たの？　王太子が？　国民のために？

「うむうむ、確かにあの土地で地崩れがあったようじゃな。土の精霊達が騒いでおる」

カットスター帝国がある方向を見て、お爺ちゃんが悲し気な顔をしてる。

ああ、本当に大変な状態なんだ。

「わかりました。そういう事でしたら力になりたいと思います。しかし、私が現地に行ったとして、それだけの力が出せるかどうか……」

(大丈夫だろ)

「大丈夫じゃろ」

【だいじょーぶー】

みんなが全肯定するので、私達はカットスター帝国へ向かう事にした。

カットスター帝国。

複数の国と冊封《さくほう》関係にあり、その威光はそれ以外の国にも及ぶ。

陸軍・海軍共に強大で、周辺諸国の治安維持にも役立っている。

「だったっけ？」

(そうだ。最近は大人しいが、昔は侵略を繰り返していたらしいな)

「ひぇぇ。でも何でそんな国が、治安維持に役立ってるの？」

(力による恐怖だ。カットスター帝国を下手に刺激すると、何をされるかわからんからな)

ああ、なるほど。単純明快だった。今日はもう遅いから、明日の朝、出発しよう。

「さーてっと、行くとしますか」

「ゲハ。カットスターまでは四日ほどかかるが、そんな格好で大丈夫なのか？」

「四日？　ああそっか、お爺ちゃん、いける？」

「問題ないのぅ」

ジェイソン王太子やその護衛が首をかしげる中、お爺ちゃんは杖で地面を叩いた。

するとハーフルト国に繋げたように、地下への階段が現れ、地下通路が出来上がった。

地下通路に入って、すぐに出口が見えたから外に出ると、そこには森に囲まれた城壁があった。

「うわぁ～おっきぃ～。ハーフルトよりもずっと大きい城壁だ！」

「ゲハ⁉　こ、これはどうなってんだ？　ちょっと歩いただけで、国に着いちまったぞ⁉」

前と同じようなやり取りをして、早速地崩れのあった場所へ向かう。

「こんな……こんな広範囲に道がふさがれてるの⁉」

お爺ちゃんは知っていたみたいで、もうあちこちを調べている。

「ゲハ……聖女様お願いだ、街を助けてくれ」

「あ、え、ええ、そうね」

呆然としちゃったけど、でも、こんなのどうしたらいいの？

「嬢ちゃん、ワシの手を握っていてくれんか」

(俺も手を貸そう。ロザリー、俺に触れろ)

二人に触れると、地崩れした場所に、細長い光の線が数本行きかい始めた。

光の線は地崩れした場所全体に広がり、今度は地面から切り株がポンポンと飛び出してくる。

切り株は頭のない小人みたいな形で、小さな目が二つ付いている。切り株がたくさん現れたかと思うと、次は土でできた小さな子供が現れる。子供の顔には三つ穴が開いていて、表情はわからない。

切り株と土の子が地崩れした場所を走り回ると、少しずつ土砂が消えていった。

「街の人達は、ずっと大変な思いをしていたのでしょうね」

「そうじゃ。土の精霊も木の精霊も水の精霊も、自分のせいだとずっと泣いておった。じゃからワシらが手助けをしているのじゃよ」

そっか。自然災害だけど、精霊達はそれを抑えようとしてたんだね。土砂が片づくと共に精霊達も消えていく。こんな災害ってあちこちで起こってるんだろうな。

この先の街の救援は国がやるそうだから、私達は帰ろう。

「ゲハ！　待ってくれ聖女様、親父に会ってくれ。あとウチの聖女様とも。このまま帰したんじゃ国の名折れだ」

名折れって、今はそんな事よりも……

（会っておけ。少なくとも、ロザリアを国と認めさせられるだろう）

そう……ね。交渉材料にするのは嫌だけど、恩を売ったわけだし、いい条件を引き出せそう。


城に向かっていると、向こうで砂埃《すなぼこり》が上がっているのが見えた。あれは……？

「そこの一団！　止まれー！」

砂埃《すなぼこり》から騎馬が一騎飛び出してきて私達を止める。

「ゲハ。あれは親父の直属部隊だ」

親父って事は、国王？

「おお！　ジェイソン王太子ではありませんか！　街はどうでしたか？」

「ゲハ。聖女ロザリー様達のお陰で、何とかなりそうだ。今から城に行くが、何かあったか？」

「陛下と聖女様がこちらへ向かっております。聖女ロザリー様に、直接お会いしたいとの事です」

「え？　私に？」

ジェイソン王太子に会ってくれとは言われたけど、まさか向こうから来るとは思わなかった。

しばらく道を進むと、豪華な馬車と、それを護衛する騎士団が目に入った。

お、おおぅ、流石《さすが》帝国の王様、一体何人が乗れる馬車なんだろ。

真っ黒な馬車に豪華な装飾が施され、あちこちに金が使われてる。

「ゲハ、ここで待ってよう。馬車が来る前に、道の脇に寄るんだ」

ジェイソン王太子に言われて、コンティオールから下りて道の隅に寄った。

ゆっくりと進む馬車は、段々と近づいてその大きさが際立ってくる。

ん〜六人乗りくらい？　大きいわねぇ、あれ？　馬がたくさん……ひーふーみー……九頭⁉

馬が三列で馬車を引き、御者も数名いる。そして目の前に停まった馬車は……何人乗り？

「コンティオールが平気で入れそうなくらいに大きいわね」

ちなみにコンティオールは高さ二メートル、体長四メートルほど。

馬が数頭は入れそうなくらいに大きい。

（ガッガッガ、何だこの馬車は、初めて見たぞ）

「大きいのかの？　この馬車は」

「少なくともイノブルク国じゃ見た事のない大きさだわ」

【わーい、みんなでのれるねー】

おお、オードスルス鋭い！　確かにこれならみんなで乗れるわね！

馬車の小さな窓が開くと、中から顔を覆う兜《かぶと》がこちらを見た。護衛の人かな？

「ゲハ、親父！　この人が助けてくれた聖女ロザリー様だ。そして聖獣様と大精霊エルボセック様、水の精霊様だ」

親父⁉　護衛じゃないの⁉　小さな窓が閉じて、両開きの扉が開かれた。

金属音と共に階段を下りてきた姿は……全身を金属の鎧で覆っていた。王様がこんな鎧を？

「おぉおぉ、聖女か！　この度は助かったぞ！　それに聖獣と大精霊、水の精霊までいるとはな！　これはこれは、我が国の客人としては、これまでにない顔ぶれじゃ、ゲアッハッハッハ！」

この笑い方、間違いなくジェイソン王太子のお父さんだ！

それにしても何でフル装備？　確かに鎧は豪華だしマントや剣も超が付くほど豪勢。

でも兜《かぶと》はかぶったままで、顔が見えないし。

「ささ、こちらへこちらへ。城に案内しますぞ」

大きな馬車に乗るように促され、みんなで中に入ると……ひろ！　コの字型にソファーが置かれて、コンティオールが座ってもまだまだ余裕がある！

と、お姉さんが一人座ってる。この人は……聖女様？

「初めまして。あなたが聖女ロザリー様ですね？」

「ひゃ、ひゃい！　わたくしめがロザリーです！」

はわわ、すっごい美人なお姉さんだ！　二十二、三歳くらいかな、それにスタイルも抜群だ！

その……胸も大きいし。べ、別に私だって大人になれば大きくなるしぃ⁉

（お前は無理だろう）

グハッ！　今私の希望は露と消えてしまった……

「ゲハ。お袋、今日のお勤めは終わったのか？」

「ええ、聖女様がいらっしゃるというので、急いで終わらせました」

「そっか～」

ん？　お袋？　いやいや、ジェイソン王太子より年下でしょ？　ああ、ひょっとして義理の母親とか？

「ほらほらジェイソン、ロザリー様が呆然としているわよ？」

「ゲハ？　ああそうか、言わなきゃわかんねーか」

言う？　何を？

「ゲハ。俺のお袋は聖女なんだ」

「え？　ああはい、何となく会話でわかりました。えっと、再婚なさったんですか？」

「ゲハ？　誰がだ？」

「その、国王と聖女様が」

「ゲハ？　いいや？　俺の生みの親だ」

ジェイソン王太子を見た。聖女様を見た。もう一度ジェイソン王太子を見て聖女様を見た。

ま、まっさかぁ～、あっはっはっは、似ても似つかないじゃない。

「うふふ。ちなみに私、今年で四十一歳になります」

「へ⁉　あれ⁉　ジェイソン王太子って歳いくつ⁉」

「ゲハ。二十二歳だ」

「じゃ十九歳の時の子供⁉」

「ゲアッハッハ。こいつは昔から器量よしでな。猛烈にアピールしてやっと落としたのだ」

馬車の扉を閉め、聖女様の隣に座った国王が兜《かぶと》を脱いだ。あ、親子だ。毛の量も遺伝するのね。

「そ、そうだったんですか〜、何だか、とっても仲が良さそうですね」

「ゲアッハッハ。そうか？　そう思うか？　そのとーりだ！　なぜわかった！」

見てりゃわかりますよ！

あれやこれやで楽しく会話をしていたら、いつの間にか王城に着いていた。

馬車から降りると、みんな国王や聖女様に敬意を払いつつ、どこか親し気に接している。

帝国って、昔は侵略国家だったのよね？　もっとこう、殺伐《さつばつ》としてると思ってた。

「さあ聖女ロザリー！　我が帝国自慢の武具の数々をご覧あれ！　ゲアッハッハ！」

なぜか案内されたのは応接室じゃなく、武器庫だった。

「あの国王？　なぜ武器庫に？」

城に着いたかと思うと武器庫に案内され、私は首をひねった。

実は、まず武器庫に案内するのが外交におけるマナーかも？　考えてみれば私、他の国に行ったのってハーフルト国だけだし、これが普通かも？

でもハーフルト国は武器庫に行かなかったし……むぅ？

「聖女ロザリーは我が帝国に恩を売ったのだ。我が国が最も誇るのは軍事力。さぁさぁ、こっちには大砲もございますぞ！」

ぐいぐいと先に進み、騎馬戦車《チャリオット》や投石器《カタパルト》まで見せられた。あ、あれ？　こういうのって軍事機密じゃないの？

（見せてくれるのなら見ておけ。カットスター帝国の軍事力はトップクラスだから、参考にはなる）

そ、そんな事言われたってぇ～！　わかんない物見せられても困るだけよ！

「さあ聖女ロザリーよ、どの国を落としてほしい」

「はえ⁉　どうしてそうなるんですか⁉」

「ゲアッハッハ、何なに、聖女ロザリーを捨てたイノブルクを攻めてほしい？　よしきた！」

「まって！　待ってください！　そこまでは思ってませんからぁ～！」

「なんと、捨てられた国すら守るというのか。慈悲深いな」

こ……この人ぶっ飛びすぎてる！　恩を返すのに国を攻めるって、どんな思考回路してんの！

やっぱり侵略国家は健在なんだわ！

「ふむぅ、どうやら国王は勘違いをしておるようじゃな。嬢ちゃんには攻めたい国などないぞ？」

「何ですと⁉ それはまことかエルボセック殿。それでは、どうやって恩を返せばいいのやら」

「そ、それでしたら、私達が住んでいる場所、ロザリアといいますが、あそこを国と認めてください」

「ほぅ、ロザリアというのか」

よし、何とか戦争から話が逸れた。

「ええ、そこでカットスター帝国と友好な関係を築ければと思っています」

国王が腕を組んで考え始めた。あれ？ 戦争をするよりもずっと簡単だと思ったけど。

しばらく唸《うな》った後で、腕をほどいて私を見つめた。

「残念だがそれはできない」

「……え？ 友好なお付き合いはできないという事ですか？」

「そっちではない。ロザリアを国と認めるわけにはいかん」

か、完全に予想外だわ！ 悩みながらも認めてくれると思っていた！

でも確かに国として認めるには自国に利益がないと……そうだわ！

「ゴスライン荒野を通過する際にはロザリアを通れば便利ですし、街には商人もいます。補充や休息ができるのはメリットになります。それにロザリアで取れる果物にはさまざまな怪我や病気を治す効果が――」

「違うのだ。カットスター帝国が国と認めたら、我が国ではそこは侵略対象になってしまうのだ。ワシは聖女ロザリーと戦いたくない」

……そうか、私は思い違いをしていたんだ。

カットスター帝国は侵略国家だ。侵略国家は領土を広げるのが国の命題だ。

ゴスライン荒野と隣接はしていないけど、国を一つ侵略したらゴスライン荒野と隣接してしまう。そうなればロザリアも侵略対象になってしまうんだ。

私達を守るために、国と認めるわけにはいかないんだ。

（これは無理だな。この戦力で攻められたら、ロザリアは破壊される。俺達は大丈夫でも、住民が皆殺しにされるだろう）

うん、コレは無理。楽しく会話してたから勘違いしちゃったけど、国の目的が違いすぎる。

「だがな、国と認めなくても、ゴスライン荒野のオアシスと考えれば、関係は築ける。オアシスを根城《ねじろ》にするボスやどこにも所属しない街は、侵略対象にはならんからな」

国王はさっぱりした顔で言った。

「……？　街？　何が違うんですか？」

「なぁ～に、ただロザリアの街を守るための方便よ。国でなければいいのだ」

「では友好関係にはあるけれど国ではない、という事ですか」

「そうだ。友人の街に勝手に遊びに行って、勝手に買い物をして、勝手に寝るだけだ。何の問題もない」

（ロザリーこれでいい。考えるのは後にしろ！　受け入れるんだ！）

「そう……ですね。わかりました、私達を受け入れていただき、嬉しく思います」

モヤモヤするけど、コンティオールもああ言ってるし、きっとこれしかないんだと思う。

その後はお祭り騒ぎの歓迎会が開かれて、お姉様の聖女……もとい、人妻聖女様にすごく可愛がられた。とっても……とっても柔らかかった！


次の日にはロザリアに戻ってきたけど、私は一つの決断を下した。

「こっちから仕掛けるわよ！」

「な⁉　嬢ちゃん、まさかどこかに攻め込むつもりか！」

（まぁ落ち着け、大精霊。こいつに戦争なんてできないさ）

「それもそうじゃな」

朝食を食べながら、私は決めた事の説明を始めた。

「他の国に事情があってダメなら、こっちから営業をしたらいいのよ！」

【エーギョー！　エーギョー】

「えいぎょうとは何じゃ？」

「こっちから他の国に乗り込んで、国と認めてもらうのよ！」

（アホか。何の理由もなしに、各国の王族が会ってくれると思っているのか？」

「そう！　だから情報が欲しいのよ！　各国の困っている事を解決してあげたら、きっと王族が出てくるわ！　一回じゃダメでも、二回三回と続ければ、きっと会ってくれる！」

（お前は……本当にロザリーか？　誰かに乗っ取られてないか？　ロザリーが情報だと!?）

「ワシが何もしなくても、明日は地震が起こるのぅ」

【ジョウホー、ジョウホー】

「幸い街には行商人がいるし、いろいろと話が聞けると思うの！」

（そうだなぁ、イノブルク国の元兵士もいるから、情報は入りやすいかもしれないな）

「そう！　これからの時代は情報戦よ!!」

コンティオールもお爺ちゃんも目を丸くしてる。

オードスルスだけがモシャモシャとご飯を食べていた。

朝食後、私は早速行商人さんに話を聞きに来た。最近はお店に一人はいるからすごく助かる。

「おはようございます、行商人さん！　お話があります！」

「おや、これはこれは聖女様。おはようございます、どうなさいましたか？」

ちょっと丸い体つきの行商人さんは、商品を整理する手を止めて向き直った。

「実は今まで秘密にしていたんですが……ここロザリアはいろんな国と友好関係を築き、国として認めてもらおうと思っているんです！」

ジャジャーン！　なんと大胆な考え！　これにはきっと行商人さんもビックリよ！

「ええそうですね、その手始めがハーフルト国でしたし、他の国とも友好関係を結びたいのですよね？」

額の汗をタオルで拭きながら、うんうんそれから？　的に冷静に返された。

あれ？　驚かないわね。

（ハーフルトと通商条約を結んだ時、戻ってから自慢していただろうが）

え？　……ん～？　……ああ、そう言えば。じゃじゃ～んって……コホン。

「そ、それでね？　ロザリア国と国交を結んでくれそうな国を探しているんですが、どこかいい国を知りませんか？」

「そうですねぇ、パッと思いつく国は五、六ほどありますね。が――」

「六もあるの！　すっごーい！　流石《さすが》は行商人さん、情報通ぅ！　ねぇねぇ、どこどこ？」

「あります、が！　現実的には二、三国に止めておく方がいいでしょう」

「ふぇ？　どうしてですか？」

「まず一つ。ハーフルト国と友好関係にある国でないと、ハーフルト国が困ります。二つ。どこかと敵対する国と仲良くすると、争いに巻き込まれる危険がある。三つ。友好的に付き合うと言いながらも、支配しようとする勢力が必ずいる。簡単に言うとこの三つです」

そっか、ハーフルト国との関係や国同士の関係も考えないと、この国が危険になっちゃうのね。争いになってもこっちには聖獣も精霊もいるし、隊長さん達兵隊もいる。

だからって戦争になるのは嫌。

「じゃあ現実的な国なら、すぐにでも大丈夫ですか？」

「すぐには難しいでしょう。ここロザリアを国として認めてもらうには、その国の政治から考えなくてはなりません。例えばロザリア国に他国にない物があり、それがあれば――……――となり、聖女様？」

「……グゥ～」

（起きんかバカ者が!!）

コンティオールに頭を叩かれた。

「痛いじゃない！　寝てないわよ！」

（今いびきをかいていただろ！）

「違うもん！　睡眠学習だもん！」

（寝てるだろうが！）

は！　学習なのに寝てしまうとは一体どういう事!?

「よろしいですか？　聖女様」

「あ、ご、ごめんなさい。どうぞ」

「簡単に言うと、今友好関係にある国と仲の良い国なら、問題はないでしょう」

「そうよね、マックスに迷惑をかけるわけにはいかないもんね。それで、どこの国がいいの？」

「まずは北にあるサノワ皇国。ここはハーフルト国と仲が良いので大丈夫でしょう。次はサノワ皇国の西にあるポー共和国。ここも問題ありません。三つめですが、ここの東にある国クーフーリン連邦でしょうか」

「わかったわ！　今から行ってくる！」

早速行くわよ！　ダーッシュ！

「お待ちを！」

行商人さんに襟首《えりくび》を掴まれてキュッと首が絞まった。

「ゲホ。な、何でしょう？」

「これだけの情報で、国の重鎮を説得できるとお思いで？」

「えーっと、そうだった」

それから行商人さんによる作戦を伝えられた。しょ、商人って怖い。

最初に向かったのは北にあるサノワ皇国。行商人さんの話だと、この国は山が多く雨季になると川が頻繁に氾濫《はんらん》するらしい。皇帝はそれに頭を悩ませているのだとか。

私の国ロザリアは、すでに周辺の国には存在が知られていて、接触したいけどゴスライン荒野にあり、他国と衝突するのは避けたいため、行きたくても二の足を踏んでいるのだとか。

だから正面から堂々と行った方が効果がある、らしい。

いつものお爺ちゃんの地下通路を使って、あっという間にサノワ皇国の都の門の前に着いた。

「おはようございます。私はロザリーと申す者です。サノワ皇帝にお会いしたいのですが、お取次ぎ願えますか？」

門番さんに声をかけると、目を細めて私達を睨《にら》みつけてきた。

私を見て、お爺ちゃんを見て……コンティオールを見てビビッて、オードスルスを見て持ってた武器を取り落とした。

「しょ、少々お待ちくださいぃー！」

慌てて門の中に入っていった。コンティオールでビビるのは良いとして、何でオードスルスを見て武器を取り落とすのよ。こんなに可愛いのに。

（赤子姿の水の精霊を見れば、誰でもそうなる）

「おかしいのぅ、なぜワシを見てもビビらんのじゃ？」

「お爺ちゃんの見た目は、普通の超絶美形なだけだもん」

まったく、みんな自分の事をわかってないんだから。国のためにも、私がしっかりしなくちゃ！

「お待たせしました！　ご案内いたしますので、こちらへどうぞ」

さっきの門番さんじゃなく、貴族っぽいおじさんが出てきた。ふっふっふ、私達の正体を知って、門番では荷が重いというわけね！　おじさんに付いていくと、建物の脇を通って地下室に入った。ん？　何でこんな場所？

じめじめした石の廊下を通って、言われた部屋に入る。あ〜ここ知ってる。

「牢屋に案内してどうするの？」

金属音と共に鉄格子を閉められた。え〜……いきなりコレ？

「いきなり牢屋に入れて、どういうつもりですか？」

「どうもこうもあるか、お前達で何組目だか。偽物なら偽物らしく、ここで大人しくしていろ」

貴族のおじさんは、牢屋の前で腰に手を当ててため息をついている。

いやいや、ため息をつきたいのはコッチなんですけど。ってか、今気になる事を言ったわね。

「偽物って何の事ですか？」

おじさんが少し横に移動して、正面の牢屋を指差した。……あ〜、そういう事？

正面の牢屋には、私と近い年齢の女の子が透明な人形を抱え、大きめの猫、お爺さんと一緒に入っている。

自分達を見てみる……口で説明するだけだったら、二組の違いは獅子《しし》か猫かの違いだけね！

さらにおじさんはあちこちを指差した……ココの牢屋には、私達と似たような構成の人がいっぱい入っていた！

「てか待ってよ！　あそこの人達って全員男じゃない！　聖女要素はどこいったのよ！」

「嬢ちゃん嬢ちゃん、あそこは聖女服を着たばーさんがおるぞ。はっはっは」

「笑い事じゃないわよ、お爺ちゃん！　私は可憐な乙女なのよ⁉　お婆ちゃんは我慢するけど、おっさんは我慢できないわ！」

偽物なら偽物らしく、少しは本物に寄せてきなさいよ！　全くやる気が感じられないわ‼

「あれ、ちょっと待って。私ってどういう風に思われてるの？」

（聖獣と精霊を従えた、世にも恐ろしい女。か？）

「ちょっと⁉　それって私が原因じゃなくて、聖獣の見た目が怖いとか、精霊が強いとかじゃない。私が悪いわけじゃないわよね⁉」

（誰の見た目が怖いか！　こんなキュートな子猫を捕まえて！）

「子猫は何年も前の話でしょ！　今のコンティオールは誰もが恐れるアルビノの獅子《しし》よ！」

ガルルル。コンティオールと喧嘩してたら、オードスルスがふよふよ飛んで、当たり前のように牢屋をすり抜けた。水だから当然よね。

【ママー、ここのミズきらいだ。はやくでようよ～】

「そうね。ねえ貴族のおじ様、面倒くさいから出るわね」

「は？　何を言っている。お前達は犯罪しゃ……のわぁ!!」

コンティオールが前足で鉄格子をひん曲げて壊すと、お爺ちゃんは文句を言いながら石の床をキレイに整地した。

「ワシは年寄りなのじゃから、足場が悪いと転んでしまうのじゃよ」

ジメジメした床がキレイな土で固められていく。おお、歩きやすい。オードスルスがキレイな空気（？）を求めて、まっすぐ来た道を戻っていく。後ろでは貴族のおじさんが騒いでるけど、ほっときゃいいか。階段を上がると太陽が眩しかった。あ～、暗い地下から出ると気持ちイイ～。

「おお、おおおおおお、お待ちくださいー！」

貴族のおじさんが息を切らして後を追ってきた。

面倒くさい大人は嫌いよ。このまま王城に殴り込みしようかしら。

(喧嘩をしに来たのか?)

「あ、仲良くなりに来たんだった。でもいきなり捕まえるのってひどくない?」

「お待ちを！　ひょっとして、ひょっとして本物ですか⁉」

そもそも本物って何って話よね。ロザリア国のロザリーか、って言うなら本物だけど。

もしかすると他の人と勘違いしてるのかもしれないしぃ～?

無視して歩いてると、おじさんが前に回り込んで通せんぼをしてきた。

「あの、あの！　聖女ロザリー様ご一行でしょうか！」

「ロザリーかって言われたら、イエスね。聖女かって言われたら、元だからノーね」

「た……大変失礼いたしました！」

おじさんが土下座してる。別にそんなのはいらないんだけどな。

早く皇帝に会って話をするか、ダメなら別の手を使わなきゃいけないんだから。

「い、今すぐ城にご案内いたします！　ささ、こちらへ～！」

「そんな事を言って、また違う所に連れていったりしませんよね?」

「流石《さすが》に次も別の場所じゃと、ワシも黙ってはおれんのぅ」

「ひっ！　ま、間違いなく皇帝の御前です！」

後に付いていこうかと思ったら、大きな馬車に乗せられた。カットスター帝国の馬車ほどじゃないけど、かなり大きくてコンティオールも入れた。うんうん、貴族様の馬車って感じ。

馬車は順調に城に近づき、みんなが頭を下げる中、入城した。

流石《さすが》にここまで来たら間違いないわよね。

……べ、別に警戒なんてしてないもんね。牢屋に入りたくないだけだもんね！

「こちらでお待ちください」

侍従さんに言われて入った部屋は、絵画や高そうな壺、これでもかというくらい豪華《ごうか》絢爛《けんらん》な部屋だった。

「趣味わる」

（カーペットがフカフカすぎて歩きにくいな）

「ここは精霊が少ないのぅ。窓でも開けておくかの」

オードスルスは生け花を見て喜んでる。適当なソファーに座って、置いてあるお菓子を食べた。

何だか丁寧に案内されたっぽいけど、最初がアレだったからか、まだ騙されてる気がする。また騙されてたら、この国とは仲良くなれないと思う。

少し休んでると、扉が開いてさっきの貴族のおじさんが現れた。

「陛下が謁見の間でお待ちです」

謁見の間に案内された私達は、サノワ皇国の皇帝の前まで歩いていく。

「陛下、こちらの方々が聖女ロザリー様ご一行でございます」

促されて赤い絨毯《じゅうたん》の上を歩く。

何段か高い所で玉座に座っている皇帝は、ひじ掛けに両腕を置いて前傾姿勢で私達を見ていた。

ふんぞり返ってるかと思ったけど、そうでもなかった。

黒いオールバックの髪は何かで固められててテカテカ光ってる。

「聖女ロザリー様か、ようこそいらした。すまなかったな、何ぶん聖女様の偽物が多く、本物かどうかの区別ができなかったのだ」

「大丈夫です。あれだけたくさんいたら、まず疑ってしまうのも無理はありません」

「そうか、そう言ってもらえると助かる。して、どういった御用かな？」

「はい、実は……」

えーっと、行商人さんに言われた通りに……どうするんだっけ？

確か最初は相手の弱点を攻めるのよね？

「ああ、いえいえ、コホン。サノワ皇国では雨季になると川が氾濫《はんらん》し、街に被害が出ていると聞いています。もしかしたらお力になれるのではないか、そう思ってお邪魔しました」

「聖女様？」

前傾姿勢だった王様は背もたれによりかかり、苦い顔をして上を向いた。

「あの川か。アレには毎年悩まされている。何とかなるのであれば、頼みたいところだが」

キラーン。行商人さんが言った通り！　チャンスは逃さないわ！

えーっと確か、『いてもうたれ！』だったかしら。

「それでは私達がお力になりましょう。もし上手くいったら、その時はお願いを聞いてほしいのですが、よろしいですか？」

「願い、とはどんな事かな」

「ふふふ、大した事ではありません。詳細は終わってからお話しします」

「あ、あれでよかったのかな⁉　私、何か失敗してないよね⁉」

（行商人が言ったままだったからな、失敗のしようがないだろう）

「嬢ちゃんはよー頑張った。ワシはドキドキじゃったぞ」

【ママ、かっこよかった～】

「うへへ、そ、そう？」

お城を出て川を見に行く途中、やっと緊張が解けた私は茶屋でお茶をしている。

ああ、このお菓子美味しい。

「でもさ、川の氾濫《はんらん》って雨が多いから起こるのよね？　雨なんて減らせるの？」

「雨は減らせんからな。今回は川の方に手を加えるのじゃ」

「川に？」

「うむ。曲がりくねっていればまっすぐにし、浅ければ深くし、それでもだめなら堤防じゃな」

「う～ん、お爺ちゃんの言う事は難しくてわかんない」

「なーに、嬢ちゃんはいつもと同じく、ワシらに力を貸してくれれば大丈夫じゃよ」

「それなら大丈夫」

よかった～、国を出る前に説明されたけど、イマイチ理解できていないのよね～。

さーて、お菓子でお腹も心も満たされたところで行くとしますか！

「え、ここなの？　すっごく穏やかな川なんだけど」

氾濫《はんらん》するという川に着いたけど、すごく穏やかで、子供達が水辺で遊んでる。

あ、あの子、魚釣った。

(今は雨季じゃないからだ。雨季になると山から大量の水が流れ込むからな)

「じゃあせき止めれば良いの？」

「氾濫《はんらん》を防ぐほどのせき止めには、大規模な工事が必要じゃなぁ。今回は曲がりくねった川を直し、堤防を作れば大丈夫じゃろ」

「ふ〜ん。じゃあ子供達にどいてもらってくるね〜」

子供達を遊びと称して川から出てもらい、川べりで遊んでもらった。

うんうん、お姉さんだもんね、子供の相手くらい簡単なものね。

(うむ、やはり子供同士だと話が早いな)

「嬢ちゃんも遊びたい盛りじゃからなぁ」

何か私とは違う意見が多発しているわ!!

【まま—、ボクもあそぶ—】

ああん、オードスルスったら、やっぱりアナタは私の癒しね！　オードスルスと一緒に子供達と遊んであげたら、とっても喜んでくれた。ふぅ〜、楽しかった〜って違うでしょ私！　川！　氾濫《はんらん》！

急いでコンティオールとお爺ちゃんの所に走っていったら、二人は川辺に座ってほっこりしてた。何？　何でいい笑顔してるの？

（それでは始めるとするか）

「そうじゃな。嬢ちゃん、頼むよ」

立ち上がった二人に手を当てると、二人の体がほのかに光り始めた。

ん？　何だか地面が動いてるけど……あ。立っている場所の地面がせりあがり、ゆっくりと川の方に動いてる。音もなく動くから、何が起きてるのかわからなかった。

曲がりくねっていた川は、ゆるく曲がる幅が広い川になり、川べりは部分的に高くなってた。

（こんなものかな）

「最初はこれで様子を見てもらうかの～」

え？　何これ全然違う川になってるんですけど！　環境破壊になってない？

（なるか、バカモノ）

「ワシらは自然の側じゃぞ？」

「あ、そっか」

早速王様に報告に行って、こっちのお願いを聞いてもーらおっと。

「なにもう終わった？　いや聖女様、流石《さすが》にご冗談を」

早くに終わらせすぎて、信じてもらえなかった！

教訓。簡単に終わらせると、信じてもらえない。

「あーえーっと、うん、言われてみれば、私も見てて信じられなかったから」

（とはいえ終わっているからな。誰かに確認に行かせろ）

おっと、そうだった。このまま帰っちゃ意味ないもんね。

「それでは誰かを見に行かせてください。川の形が大幅に変わっているはずです」

「んん？　まぁ見に行くくらいなら。オイ、誰か見に行ってこい」

控えていた人達が敬礼をして、そのうちの一人が謁見の間から出ていった。

私達はその間、街の中を散歩する。

コンティオールに乗って川に行ったからすぐだけど、馬や歩きで行ったら時間がかかる。

街を見てて、自分の国に足りない物は何かを考えてると、重大な違いがある事に気がついた。

「ロザリアってば、活気がないわ！」

（それは人口が違うから仕方がない。それは後だ、後）

人口か〜、人が少ないのよね、ウチの国。

兵士達の家族が続々と入ってきてるけど、もう少しいろんな人に集まってほしいわね。

「って、そんな事よりも大事な事があるじゃない！　国王がいないのよ！　だから聖女の任命も受けてないし、教会でお祈りしても効果が薄いじゃない‼」

「国王は嬢ちゃんじゃろ。聖女の任命を待つまでもなく、自分で指名したらよいのじゃ」

「え？　私は代表であって、国王じゃないわよね？」

（国の代表を国王と言うんだ）

「……え？　国王って王冠をかぶったお爺さんじゃないの？」

「それは国王が歳を取っただけじゃな。女王の国もあるのじゃ」

「あれ？　えっと、じゃあ私って、国王であり聖女なの？」

め……目から鱗《うろこ》がポロポロ落ちていくわ‼

コクリと二人がうなずく。

「元じゃなくって、現？」

もう一度うなずく。

「え？　あれ？　でも……あれぇえ？」

私って、思っていた以上に偉い人になってたみたいだ。聖女っていうのは国王に任命されて、国のために祈りを捧げるもので……自分で自分を守ってるのかな？　私。

「でも神様は？　今はイノブルクと同じ神様に祈ってるけど、それでいいの？」

「この世界に神は絶対神と七柱《はしら》の使徒だけじゃ。結局は絶対神に祈る事になるからのぉ」

あ、そう言えばそっか。あれ？　じゃあ今の状況って。

「もうコンティオールが消滅する危険はなくなったの？　もう普通に祈りを捧げれば聖なる力が満たされて、いなくなる事はない？」

（まあ、そうなるな）

「そう言えばそんな事を言っておったのぅ。聖獣に聖なる力を補充するために国を作ると」

元々、聖なる力を消費し尽くしたらコンティオールは聖獣じゃなくなる、それを阻止するために国を作って聖女となり、神殿で祈りを捧げて聖なる力を補充する、っていうのが目的だった。

「じゃあ今やっている事って、何のため？」

（困ってる人を助けたいんじゃなかったのか？）

「それなりの大きさの国にしないと、今いる国民や嬢ちゃんの食う物がなくなるぞ？」

あ、そっか。人助けはしたいし、今いる人達を飢えさせるわけにはいかないもんね。そのためにはたくさんの国と繋がりを持って、人の行き来を多くしなきゃいけないんだ。

(だから今考える事は、どうやって国を大きくするか、だな)

「ワシとしては、医療の国、にしたらいいと思うんじゃがな」

「じゃあお医者さんをいっぱい呼ぶ？」

「それでも良いが、ホレ、あの木の実があるじゃろ。あれがあれば大体の病気は治るし、他国からも木の実が目的で人が集まるじゃろ」

あの木の実か～。そういえば国から出したらすぐに効果がなくなっちゃうのよね。

ロザリア国限定の木の実。

でも大勢の病人が来てくれても、そんなに木の実はたくさんないし……

「ま、いっか。畑を広くしたら大量に取れるし」

その後は散歩をしながらお菓子を食べて、ご飯を食べてお菓子を食べて、美味しそうなお菓子があったからお菓子を食べて、お城に戻ったらパーティーが開かれていたから、お菓子を食べた。

「そうよ！　ロザリアにはお菓子がないのよ！」

川を見に行った人が戻ってこないから、今日はお城に泊まる事になり、今はみんなで部屋に戻ってきた。

（あれだけ食べて、やっと気づいたのか）

「しかしのぅ、ロザリア国の木の実より美味い菓子はなかったぞ？」

「お菓子と木の実は別腹！　よし決めた！　美味しいお菓子屋さんを作るわ！」

翌日には川を見に行った人が戻ってきてて、簡単に国交を結ぶ事ができた。

ついでに砂糖を大量に買い込んでいくわ！

「さあ！　国に帰ったらお菓子職人を探すわよ！」

（他にも二国と国交を結ぶんじゃないのか？）

「……並行《へいこう》！　同時かつ並行《へいこう》的に進めるわ！」


「さあ！　お菓子作りの始まりよ！」

ロザリアに戻ってきて、早速お城のキッチンに立った。目の前には砂糖の山！

「お菓子ってどうやって作るの？」

（……うむ、想像はしていたが、やはりそうなるのだな）

「はっはっは、嬢ちゃんは期待を裏切らんのぅ」

【ママー、これあまくておいしい～】

「だめよオードスルス。砂糖だけじゃなくって、ちゃんとしたお菓子をあげるから」

さて、困った時はどうするかというと。

「行商人さん！　お菓子の作り方を教えてください！」

「お菓子、ですか。流石《さすが》に私も作り方は知りませんので、作れる人を紹介しましょう」

いきなり街に行って行商人さんに聞いたけど、さっすが行商人さん！　頼りになる。

紹介されたのは、ロザリアに移住してきた兵士の家族だった。

その奥さんが、お菓子屋さんで働いていたんだとか。

「こんにちは！　こちらにお菓子を作れる奥様がいらっしゃると聞いたのですが！」

「聖女様？　わざわざお越しいただかなくても、お呼びくだされば行きましたのに」

娘さんかな？　木の扉をノックしたら、二十歳前後のキレイなお姉さんが出てきた。

そういえば、最近は以前とは違って木の家も増えてきたわね。

ここは土を固めたリビングと部屋二つの家だけど、大工さんが何人か移住して来ているらしく、日に日に家の種類が増えている。

「いえいえ、お願いがあって来ましたので。それで、ですね……」

このお姉さん、奥さんだった！　元気な男の子が一人いるけど、日中は旦那さんは巡回をしているから暇を持て余しているらしく、やる事があるなら、と快諾してくれた。

「でも砂糖は高価ですし、あまり多くは作れませんね」

「そうなんですか？　大量に購入して持ってきたんですが、足りないのかも」

とりあえず見てもらったら、ピクリとも動かなくなった。す、少なすぎたかな。

お菓子って、砂糖をたくさん使うのね。

「お店が数年間続けられるほどの量ですね……」

「あ、そっちだったの？」

他にも必要な物をいろいろと聞いて、行商人さんのお店で購入してきた。

とりあえずは試作品が必要よね、うんうん。美味しいかどうかの味見も必要だし。早速いくつか作ってもらったら、美味しいの！　すっごく美味しいの！　ああ、試作品と言わず、もっと食べたい！

（ロザリー、お前最近、腹が出てきたんじゃないか？）

「む、胸じゃなくって？」

！　！　！

（腹だ）

お腹をさすって、胸に手を当てて、お腹をさすった。お腹の方が出っ張ってるぅ!!

「はっはっは。サノワ皇国ではたくさん食べておったからのぅ。元気なのは良い事じゃ」

そ、そうよね？　成長期だもんね？　すぐにお腹はへっこむわよね？

【ママー、あかちゃんいるの？】

「げふぉあ！」

オードスルスの言葉が胸に突き刺さり、崩れ落ちてオヨヨと泣く私。これは……これはいけない！　しばらくはお菓子を断たねば！　だから仕方なく、試作品は兵士さん達に配った。

いろんな種類があるから、今働いてる人達の分はあるかな。

翌日。なぜか知らないけど、あちこちの家族が、特に夫婦がご機嫌だった。

何か良い事あったのかな？

昨日と同じく、お菓子を作りに来てくれた若奥さんもご機嫌だった。

「あの……聖女様、昨日のお菓子の材料なのですが、何か栄養価の高い物が入っていましたか？」

「栄養？　ん～……城の裏庭になってる果物を使いましたけど、他は行商人さんから買った物だけですよ」

「裏庭というと、聖なる木の実ですか？」

「聖なる？　まぁ怪我がすぐに治ったり、持病が治ったりするみたいですね」

「ああそれで……」

「どうかしたんですか？」

「あ！　いえいえ、昨日お菓子を食べた主人が、とっても元気でしたので」

「兵士さんですもんね、元気になってくれて嬉しいです」

「そ、そうですわね。オホホホホ」

そっか～あの木の実を使うと、単純に元気も出るんだね。それは便利だ。

しばらくはいろんな種類のお菓子を作ってもらって、街中の人に配って回った。

木の実も足りなくなったから畑を拡張して、今までの数倍の大きさにした事で、さらに木の実の種類が増え、数も充実していった。

そして数日が経過して、そろそろ他の国との交渉を再開しようかな～と思っていると、玄関から大きな声が聞えてきた。

「聖女様はおいでですか！　聖女様ー！」

朝ののんびりとした食後、やっと意識がハッキリとして今日の予定を考えていた時だった。

「行商人さん達？　どうしたんですか？」

二階の居室から廊下に出て、吹き抜けになっている一階を見ると、行商人さん達が汗を流して息を切らしていた。そんなに急いで、何かあったのかな。

「おお聖女様！　あのお菓子！　アレに何かされましたか⁉」

「お菓子？　ケーキとかですか？」

「ケーキもそうですが、行商に行った者達に渡したクッキーや干したお菓子です！」

何やら問題があった様子。これはしっかり話を聞かなきゃね。

応接室に案内して、行商人さん達にお茶を出して落ち着いてもらった。

「これはこれは、すっかり取り乱してしまいました……」

「いえいえ。何か問題がありましたか？　ひょっとしてお腹を壊しちゃったとか……？」

「いえ逆です。まだこことは国交のない国へ行商に行ったのですが、頂いたクッキーを行商人仲間に振る舞ったら、みんなが古傷や持病が改善したのです！」

「古傷や持病が改善ですか？　それはあの果物を使ったからじゃ……あれ？」

「そうです。国から出て数日が過ぎていても、その力が残っていたのです」

前に果物や木の実をハーフルト国に渡したら、何の効果もないただの木の実になってたはず。

だからわざわざ治療に出向いたわけで……じゃあ何で木の実の効力が残っていたの？

やった事といえば。

「お菓子にしたから？」

「やはり、そう思われますか」

（それは面白いな。いろいろと試した方が良いだろう）

「うむう む、全てのお菓子でそうなのか、特定のお菓子がそうなのか、試してみたいのぅ」

若奥さんにお願いして、とにかくたくさんの種類のお菓子を作ってもらった。

わかったのは、砂糖を果物や木の実に塗ると効果が長期間持続する、という事だった。

ただし皮をむいた状態で加工する必要があって、例えばリンゴの皮をむかずに溶かした砂糖を塗ってもダメだった。塩でもだめ、小麦粉だけでもダメ。

なぜだか砂糖が、しかもお菓子という加工方法が一番効果が持続した。

（効果の強弱と持続時間は、聖なる実の大きさでも変わるようだな）

「そのようですね。それにしても聖獣様は博識でございますね」

（なに、暇な時によく本を読んでいたからな）

……あれ？　いまコンティオールと行商人さんが会話をしてなかった？

ひょっとして、コンティオールが行商人さんを有益な人に認定したの？

（この男の知識と行動力は、この国にとって不可欠になりつつあるからな）

「そのようなもったいないお言葉……これからも協力を惜しみません」

「わーい。一々私を介さなくても会話ができるようになったー」

(喜ぶところはそこではないが、まあいい)

「それにしても、これでロザリア国の強みができましたな。これは政治にも物流、人の流れにも影響が出ます」

「そんなに？」

「そうですとも！　恐らく今頃はクッキーを食べた行商仲間が、ロザリア国に来る準備をしているでしょう！　そうしたら名産品として、さらには医療品としても大きな需要が見込めます!!」

お、お～、何だか思わず拍手をしちゃった。

そっか、これからはわざわざここに来なくても、行商人さんがあちこちに売ってくれるんだね。

でもそうなると、お菓子の数が足りなくなるわよね？

(暇な主婦など山のようにいるだろうな)

……ああそっか。奥様方に手伝ってもらえばいいんだ。そうしたら仕事も増えるし、人が大勢来たら他の仕事も忙しくなる。良い事ずくめだわ！

なので奥様達に声をかけて、お菓子の量産体制を整えた。

私は私で木の実を大量に作り、お菓子の量産に負けないようにしよう。


それから数日が過ぎた頃、最初は数名の行商人が来てお菓子を買っていき、徐々に人が増えて店には行列ができるようになっていた。

行商人だけでなく、旅人や普通の人まで並んでる。

「こんなに人が来るとは思わなかったわ」

「どれだけ医療が進んでも、治せない病気というのはあるからのぅ」

（聖女の能力が低い国は、余計に病気になりやすいからな）

「それはあるわね。私みたいな標準的な能力の聖女ならまだいいけど、そうじゃないと大変みたいだし」

それにしても飛ぶように売れてるわね。あのお菓子は安くないのに。高価な物は一年分の給料くらい、安い物でも四人家族が十日暮らせる金額だ。

でも一番高価な物は市場には流さないんだってさ。政治利用よ、政治利用。大人って変な事考えるわよね。

お菓子の供給が安定したから、一番効果のあるお菓子を手土産に、予定していた二国に交渉に行った。

噂はとっくに耳に入っていたらしく、最高級のお菓子を渡したらあっさり国交が成立した。

これで四つの国がロザリアと国交を結び、一つの国がお友達（ほぼ友好？）状態になった。

そして行商人さんとお爺ちゃんに移民の受け入れをしてもらったけど、何という事でしょう、あれほど多くあると思っていた空き家が埋まりそうですって。

今現在はロザリア国は城壁で囲まれていて、その内側だけがオアシスのように栄えている。

外はまだまだ死の荒野だ。だから日にちを決めて、また領地の拡張をする事になった。

その日は国への出入りは禁止したんだけど、なぜかその前に大量の人が国に入ってきた。

ハーフルト国のマックスやカットスター帝国のジェイソン王太子まで来ていた。

「お久しぶりです、ロザリー。え？　どうしたのかって？　もちろん見物ですよ」

「ゲハ。何か祭りをするんだって？　俺にも見させろ」

お祭りじゃないですぅ‼　見物って何⁉

周辺諸国には通達を出したけど、それが裏目に出て人が集まっちゃった。

もう……ま、街の中にいたら危険はないらしいし、娯楽になるのならいいかな？

予定の日の夜、私とコンティオール、お爺ちゃんはお城の前で領地の拡張を始めた。

といっても前と変わらず、私がコンティオールとお爺ちゃんに聖なる力を流し込み、二人が大地をあーだこーだして範囲を広げるだけだ。

私はエネルギータンクなのよね、あっはっは〜。二人の体に手を当てて、聖なる力を流し込む。

あ、前と違って力が満ちている。やっぱり国として動き出し、聖女として祈りを捧げたからかな。

よし、サービスしちゃうわよ！　とりゃー‼

（ぬおぉ⁉　ま、待てロザリー！）

「じょ、嬢ちゃん⁉　この力は強すぎ……！」

二人の体が光ったかと思うと、私達は宙に浮いていた。へ？　何これ、こんなのは今までなかったわよ？　ずっと下では国中の人達が私達を見上げている。うわ、ちっちゃ！　高！

地面が揺れている。でも激しい揺れじゃなくて、地面が細かく揺れてる感じだ。

城壁の外側の地面が沸騰するようにボコボコと隆起する。その範囲はみるみる広がり、
視界内の地面が全て隆起し始めた。

……えっと、こんなに広げる予定だったかしら？

それにさっきから風が吹いてるけど、何だろう、誰かに見られている気がする。

【あら、勘のいい子ね】

「え？　誰ですか？」

風の渦《うず》が私の前に集まり、髪の長い、風でできたお姉さんが現れた。

「お、お姉さんは誰ですか？」

【私？　私は風の精霊シルフ・シルフィーよ】

か、風なのに喋《しゃべ》ってる！って、精霊？　オードスルスとかお爺ちゃんみたいな？

「おお、お前さん久しぶりじゃな。

【あらエルボセック、久しぶり。その姿は久しぶりに見るわね】

「かれこれ数百年ぶりに若返ったんじゃ。どうじゃ、カッコいいじゃろ？」

【私の好みじゃないわね】

「はっはっは、それは残念じゃ」

お爺ちゃんとシルフ・シルフィーって仲が良いのね。

大地の精霊と風の精霊か〜、水の精霊もいるし、火の精霊がいたら四精霊が揃い踏みね。

っと、オードスルスがふよふよと上がってきた。面白そうな空気を感じ取ったのかな。

【おねえちゃん、誰〜？】

オードスルスが指を咥《くわ》えながらシルフ・シルフィーの前まで来た。

【あら、何この子、可愛いわね】

オードスルスの可愛さは、万国どころか全種族共通なのね！　手を掴んでキャッキャと遊んでる。

（おい）

「そういえばシルフ・シルフィーよ、お前もこの国に住むか？　居心地はバツグンじゃぞ？」

【ダメよ。風は流れてこそ風なの。一か所に留まったら私じゃなくなるわ】

（お前ら）

「そっか〜、残念ですね。でも遊びには来てくれるんでしょ？」

【もちろんよ。アナタ達って、とっても面白そうだもの】

（聞いているのか？）

【おねえちゃん、これおいしいよ～】

【あら、美味しそうな果物ね、頂くわ】

（おいコラお前ら！　いい加減にしろ！　これだけの力を俺一人で調整するのは大変なんだぞ!!）

「おお、すまんのぅ聖獣の。懐かしい顔が来たもんだから、ついつい話し込んでしまったわい」

【ごめんね、パパー】

コンティオールの言葉にようやくシルフ・シルフィーが反応した。

【あらアタナ。聖獣コンティオールね？】

（む、俺を知っているのか？）

【有名だもの。聖女に仕える聖獣コンティオールは非常に高い能力を持っていて……】

（ふ、そうか、俺の名声は精霊界にも轟《とどろ》いていたか）

【非常に高い能力を持っていて、聖女離れできないお子ちゃまだって】

（聖女が俺離れできていないんだー！）

「何だ～、コンティオールって寂しがり屋さん？　ほらほら、お姉さんが頭を撫《な》でてあげるわ」

　ほんとにも～、コンティオールは子供なんだから。よしよし。頭を撫《な》でてあげると、喜んでるけど少し距離を置いた。照れちゃって、かーわい。

「さて、聖獣いじりはこれくらいにして、そろそろ終わらせようかのぅ」

（うむ、流石《さすが》に範囲が広すぎるから、もっと絞らなくてはな）

　突然キリリと顔をキメるコンティオール。誤魔化したわね？

【私も手を貸すわ。面白かったお礼よ】

【ボクも～、ボクもいれて～】

　五人？　が輪になって手を繋ぎ、私はコンティオールの体に触れて息を合わせた。

　さっきまで地平線まで波打っていた地面が、今は街の周囲だけが沸騰したように波打っている。

　でも力が集中しているのか、波はかなり荒い。

（よし、これ以上は縮小できないようだ。これで固定しよう）

　コンティオールの合図で最終段階に入った、らしい。

　地面がひときわ激しく波打つと、フッと波がなくなり、いつも通りの静かな大地に戻った。

「あれ？　家とかは作らないの？」

「家は大工に作ってもらえばいいじゃろ」

「じゃあ城壁は？　広くなったのに城壁で囲まないの？」

（城壁内は以前からいた者向けだ。城壁外は新規に来た者用だ）

「え？　それって差別にならない？」

「少しは仕方がないのじゃ。身元不明の者が増えると、街の治安も悪くなるのでな」

「う……う～」

それもそうか。今は兵士さんが頑張ってくれているけど、これ以上人が増えて、街も大きくなったら手が回らなくなる。いろいろと足りない物が出てきたわね。

五人でゆっくりと地面に降りると、見物客達に盛大な拍手で迎えられた。

ブラボーとか、ハラショーとか、グッジョブとかの言葉に混じって、シルフ・シルフィーが現れた事にも騒いでる。そりゃ騒ぐわよね、風の精霊だもん。

街はそのままお祭りに突入したけど、私は疲れたから城に戻った。

「あ、シルフ・シルフィーって、果物食べれるの？」

さっきオードスルスが聖なる果物を渡したけど風だし、食べるという概念がないかもしれない。

【問題ないわ。ほら】

実体がないのに口に入った物は見えなくなった。透明だと思ったけど、そうでもないのかな。

そして一口、また一口と食べ進めていくと……段々体に色が付いてきた。

髪は黒く地面に届くほど長く、肌はつややかに、細く鋭い目は深い緑、大事な部分しか隠す気のないビキニ！

くっ！　何この人間離れしたスレンダーなプロポーションは！　って精霊か。

「あらあら、これいいわね、久しぶりに実体化したわ」

「ほっほっほ、何百年ぶりかのう」

何百年……やっぱり精霊って長生きよね。

実体化したシルフ・シルフィーと一緒にお茶をして、街の喧騒を聞きながら床に就いた。

朝になり、流石《さすが》に静かになった街を見ようとしたら、隣で寝ていたオードスルスの様子がおかしい。オードスルスが、オードスルスが!!

「キャー!!　オードスルスー！」

水の体は人の形を維持できず、水たまりのように広がっている。

「しっかりしてオードスルス！　今聖なる力を注ぐから！」

「待つのじゃ嬢ちゃん」

「離してお爺ちゃん！　オードスルスが死んじゃう！」

（だから待てと言っているんだ）

「待てって、オードスルスが苦しんでるのに、何を待つっていうのよ！」

「あらあら、この聖女様はあわてんぼうさんなのね」

「シルフ・シルフィーまで！　……あれ？」

何呑気な事言ってるのよ！　と思ったけど、オードスルスの体はゆっくりと人の形に戻っていった。あ、あれあれ？

赤ん坊の姿に戻るのかと思ったら、五歳児くらいの姿になった。

相変わらず目には瞳がないけど、小さいながらも鼻がある。

「せ、成長した？」

「うむ。元々聖なる力で誕生した精霊じゃからな、昨日の事で力が満ち溢れ、次の段階に入ったのじゃろう」

「昨日？　街を大きくした時？」

（五人で輪になり、大地に力を注いだ時だ。力の制御を覚え、赤ん坊ではいられなくなっ

たんだ）

「そ、そうなの？　精霊って、成長するの？」

「するわよ。でも普通は十年から百年近くかけて、だけどね」

オードスルスが誕生したのは数か月前なのですが……？

【……ママー？　どうかした？】

オードスルスが目を覚ました。目を擦《こす》りながら私に抱き付いてくる。

くぅ～～～！　キャワイイ！　大きくなってもオードスルスはキャワイイ！

「何でもないわよ～。オードスルスが成長して、ママ嬉しいの」

【成長？　……あ、ボク大きくなってる】

自分の体を見て、初めて成長を知ったらしいオードスルス。なんて無垢な子なの！

みんなが目を覚ましたから、そのまま朝食タイムに入った。

最近はお城に付きっ切りでコックさんがいてくれて、ご飯は全て用意してくれる。

それまでは焼いたり煮たり、簡単な調理しかできなかったけど、コックさんが来てからは食卓が賑やかになった。

「シルフ・シルフィーは今日はどうするの？　まだしばらく遊んでいく？」

「いいえ、食事が終わったら出ていくわ。そろそろ実体も維持できなくなるし」

「実体を？　そんなにコロコロ状態が変わるの？」

「風だからね。元々は実体のない、現象として存在するだけ」

げ、ゲンショウ？　そ、そうね、それもそうよね。

（人間の感覚によるところが大きい言葉だ。深く考えなくていい）

「ふ、ふぅん？　ま、まあそんなところね」

食事が終わると、シルフ・シルフィーは溶けるように、風になって姿を消した。

さてと、私達は広くなった敷地を見てこなくちゃね。

城を出て街に行くと、まだ静まり返っている。

そう言えば今は早朝だ、まだまだみんなは寝てる時間。これ幸いと門を抜け、壁の外に出る。

「うわぁ。荒野が芝生になってる」

外に出て驚いたのは、見渡す限りの芝生だった。

おかしいわね、せいぜい今ある街の倍程度の大きさにするはずだったのに、これは何倍よ。

（八倍ほどある）

「どんだけ大きくしてんのよ！」

「いや、それは嬢ちゃんにも責任があるのじゃぞ？」

「へ？　私？」

（お前が昨日張り切りすぎて、聖なる力を放出しすぎたのだ。だからこの大きさにしなければ、力が暴走してしまうところだったんだぞ？）

そ、そう言えばあの時は体調が良かったら、ついつい調子に乗っちゃって……テヘ。

「どうせ街の拡張はこれからもやらねばならん。まとめてやってしまったと思えばいいじゃろう」

「そ、そうよね、人が多くなって、住む所がなくなるよりは良いわよね！」

ふと横を見ると、門から少し離れた場所に大きな建物ができている。はて、あれは何かしら。

「ねぇ、あの建物は何？」

「あれは宿じゃ。街に入れない人用に、大きめに作っておいたのじゃ」

「ああ、全員が入れないから、ここで暮らすために？」

「そうじゃな。ついでにあちこちに噴水を作っておいた。こうしておけば街の人間がどこに家を建てても困らないじゃろう」

水場が近くにあれば、贅沢を言わなければ生活ができるもんね。

「あれ？　そう言えば壁の中でも、人が多くて家が足りないんじゃなかった？」

（それは大工に言って作らせている）

「じゃあひとまずは、これで問題解決？」

（うむ）

「じゃな」

ふぅ～一安心。これで後は、私のお腹が引っ込んでくれれば……クッ！

「おや？　おはようございます、聖女ロザリー様」

街の中に戻ると、マックスが歩いていた。朝からマックスに会えるなんて、今日は幸せな一日になりそうね。でも、ふぅ～ん。そんな言い方しちゃうんだ。

「おはようございます、マクシミリアン王太子様」

ちょっと意地悪く言い返した。

「……おはよう、ロザリー」

「おはよ、マックス」

みんなで噴水の縁《ふち》に腰を掛けて、久しぶりにゆっくりとお話をした。

「昨日はすごかったね。地面が波打つなんて、普通なら一生に一度も見る事ができないよ」

「ちょっと範囲が広くなりすぎちゃったけどね」

「空まで飛んじゃうしね」

マックスはおかしそうに言う。

「あれはチョット……張り切りすぎちゃって」

「そう言えば途中で一人増えたけど、あれは誰？」

「ああ、シルフ・シルフィーって言って、風の精霊よ」

「へぇ風の精霊まで来たんだ。ロザリーの周りにはいろんな人が集まるね」

「ホント。お陰で人脈には困らないわ」

はぁ〜……やっぱり良いわよね、美青年って。見ているだけでも癒されるのに、優しい声をかけられたら心臓がドキドキして、それだけで全てを許せてしまうわ。

やっぱりお爺ちゃんとくっついてくれないかしら。完璧なカップリングなのに。

しばしの癒しを得た私は、行商人さんと次のターゲットを決める事にした。

「おはようございます、行商人さん」

「聖女様⁉　聖女様……聖女様ー！」

久しぶりに五人が揃ってると思ったら、私を見るなり泣き出した。な、何事⁉

「聖女様ー！」

「ちょ、ちょっとどうしたんですか、行商人さん⁉」

泣きわめく行商人さんを何とかなだめて、お店の中で話を聞く。

もう、大の大人が泣くって、一体何なの？

「申し訳ありません、取り乱してしまって」

行商人のリーダー・ヤンさんが、丸い顔に流れる汗をタオルで拭いている。

（それで、何があったのだ？）

「それが……実は今回の行商で、聖なるお菓子をいくつかの国に売ってきたのですが、ある国で貴族に目を付けられてしまい、今後はその国以外でのお菓子の販売を禁止するようにと……」

「え？　それってここでも売ったらダメって事？」

「恐らくは……」

「ちょっとそれは困るわよ！　アレは数少ないロザリア国の名産品よ⁉　自国でも売れないなんて、移民どころか旅人さえ来なくなるじゃない！」

「すみませんすみません！　本当にすみません！」

「まぁまぁ嬢ちゃん、行商人も多少は調子に乗ったのかもしれんが、これは明らかにその国の貴族が悪いのじゃ。ここで責めても意味はないぞ？」

「あ、そ、そうか、ごめんなさい」

それもそうよね、行商人さんは被害者だもんね。

(それで、そんなバカ貴族がいるのはどこの国だ？)

「パント公国です」

パント公国？　ああ……どこだったかしら。確か私がいた国、イノブルクの近くだったような？

(イノブルク国の隣にある国だな)

やっほぅ、正解！　って、喜んでる場合じゃなくって。

「パント公国とは、友好関係を結べそうにないわね」

「はい。あの国は絶対君主制で、貴族の力があまり強くないのです。なので貴族のストレス発散として国民が犠牲になりがちです」

「何それ！　国民が犠牲になるなんてダメじゃない！」

(あの国の王は年寄りだが、まだ元気だったはずだ……衰えたか？)

「王が貴族を制御できないのではなぁ。国民は苦労するじゃろうな」

話についていけないオードスルスは、コンティオールの背中で寝ている。

そうね、こんなに可愛い子供達がお菓子を買えないなんてダメ。何か手はないかしら。

「行商人さん。今回の件は、パント公国の王様は知っているんですか？」

「いえ、恐らく知らないでしょう。聖なるお菓子を王に献上し、自分の手柄にしたい貴族の一人よがりでしょうから」

「じゃあ王様にお会いすれば、そんなバカげた話も、貴族が国民に犠牲を強いる事もなくなる？」

「……わかりません。あの国王は貴族が犯罪を犯しても、自分に影響がなければ罰を与えません。一時は良くなっても、すぐに戻ってしまうかも」

なんて事……そんな人が国王なんてやってるの？

貴族に命令はするけど罰する事はない。国民を何とも思っていないのね。

よぉ〜し、ここは一つ、イジワルされたんだから、イジワル返しをしてしまおう！


まず最初に、パント公国へ行って空気を確認する。

お爺ちゃんにお願いして、少しの間だけ地下通路を作ってもらい、パント公国に入った。

「ふんふん、こんな感じか。臭いはっと……よしよし」

大体の感覚を覚えてすぐに戻ってくると、お菓子に細工を施した。

今すぐに効果が出るわけじゃないけど、少し時間が経てばジワリジワリと効いてくると思う。

そうなった時、貴族様はどんな対応を取るのか楽しみだわ。

おっと、行商人さんや他の商人さんには話をしておかなきゃね。

それから十日ほどが過ぎた頃、パント公国の貴族がロザリア国を訪れた。

「このお菓子の制作に携わっている者は誰か!!」

ついにおいでなすったわね！　でも貴族本人が来るなんて、よっぽど切羽詰まっているみたい。ケッケケッケ。城の前で騒ぎ立ててるから、わざわざこちらから出張る必要もないわね。

「そのお菓子は私の指示で作っています。何か問題がありましたか？」

「問題も何もあるか！　いまだに他国で売られている上、我が国で売っているものは効果が失われているではないか!!」

「何か勘違いなさっているようですが、そのお菓子は以前の物とは違います。あなた方にお渡ししたお菓子は、すでに生産を中止しております」

「何だと!?　来る途中の国で売っているお菓子は、しっかりと治癒の効果があったぞ！」

「はい」

「……はい、ではない！　どうなっているのかと聞いているんだ！」

「ですから、パント公国に入ったら、治癒の効果がなくなるように作りました。なのであなた方の命令には背いておりません」

「な、なにぃ～⁉　私達をバカにしているのか‼」

「バカにしているのはあなたの方です」

うっふっふっふ。焦ってる焦ってる。ふっふっふ、さあとどめと参りましょう！

「パント公国ではお菓子の効果は発揮されません！　それはもう未来永劫《みらいえいごう》に！」

きゃ！　未来永劫《みらいえいごう》って言葉を使うなんて、私ってば大人！　さあこれで謝れば許してあげるわ！

「何だと⁉　貴様、そのような事が許されると思っているのか！　私を誰だと思っているんだ！」

「パント公国では大して権力のない貴族様ですよね？」

「私を愚弄《ぐろう》するつもりか‼」

「愚弄《ぐろう》なんてしてません。バカにしてるんです」

「小娘の分際で！　この国がどうなっても知らんぞ！」

「小娘じゃないですぅ！　立派なレディーです！」

「乳臭い小娘が何を言っているか！」

「キー！」

あ、あれ？　何だかただの口喧嘩になってない？　何の話をしてたんだっけ？

（パント公国では治癒の効果が発揮しない話だ。それと、次の話にいけ）

おっとそうだったわ。またコンティオールに怒られちゃった。

「コホン。パント公国では聖なるお菓子が効果を発揮しないどころか、他のどこの国に行っても、パント公国の国民には効果を発揮しないようにしました！」

「な……！」

ふっふっふ、貴族のおじさん、言葉もないようね。

一般市民は可哀そうだけど、市民はこっちに来たら治療をしてあげよう。

「ふざけるな貴様ー！　私の勃起障害《インポテンツ》をどうしてくれるんだー!!」

イン……何それ？

（ゲフンゲフン！）

「あー嬢ちゃん、気にしなくていい、忘れるんじゃ」

「え？　だってイン何とかって、病気？」

（安心しろ、あの男が死ぬわけではない）

「そうなの？　ならいいけど」

「せっかく若い嫁を手に入れたんだぞー！」

何だか涙を流して叫んでいる。どうして若いお嫁さんが関係あるの??

「あのお菓子があれば、世の男の悩みが解決するというのに……」

ますますわからないわ。どうして男の人の悩みが関係あるの？　マックスにもある悩み？

……髪の毛？　でもマックスはフサフサだし。

「あ、あ～、パント公国の貴族よ、そこまで聖なるお菓子が必要なら、お主がやるべき行動があると思うのじゃが？」

イン何とかが気になっている私に代わって、お爺ちゃんが話を続けてくれた。

「しかし……しかし私は貴族だぞ」

「この嬢ちゃんは国王じゃ。それに……嫁さんを喜ばせたくないのか？」

「変な欲を出してすみませんでした！　あのお菓子をパント公国でも効果が発揮できるようにしてください！」

あっさり頭を下げたわ!!　やっぱり男の悩みは男に任せた方がいいわね。でも悩みって何かしら。

結局貴族様は平伏し、二度とロザリア国にちょっかいを出さないと約束したから、お菓子の効果を戻してあげた。

ちょっと心苦しかったのよね〜、一般市民には関係ないし。

っと、またお爺ちゃんにお願いして、後でまたパント公国に行かないと。

パント公国の件は後回しにして、広がった領地を散歩していた。

広くなったのはわかってるけど、実際にどの程度なのか体感したかったから。

「芝生が生えてるから範囲がわかるけど、何だか木まで生えてきてない？」

（ここら辺の地脈はとてつもなく太くなったからな、土の栄養は抜群だ）

「そっか〜、地脈が太くなるほど土地が肥えるっていうもんね」

炎天下をフラフラ歩いているけど、芝生の上なのと、噴水があちこちにあるから思ったほど暑くない。風も気持ちいい。と、芝生が生えてない場所がある、何だろう。

小走りで近づくと、そこには地下へと続く石の階段があった。

「え？　何でこんな所に階段が？　コンティオール、地下室作ったの？」

（いや作っていない。そう言えば土地を広げた時、地下に大きな空洞があった、それかもしれん）

「空洞？　昔の人が地下に住んでたの？」

（どちらかというとダンジョンに近いな。そう言えば生命反応もあった）

「ダンジョン?　ダンジョンってモンスターが住んでるアレ?」

(アレだ。どうやらここは攻略されていないな)

「へ~……つまり、私達が初めて見つけたって事?」

(うむ)

へ~、ほ~、ふ~ん。にひ。

(何を考えている……)

「ねぇねぇ!　ダンジョンを攻略しようよ!」

(……そう言うと思っていた。しかしロザリー、お前は戦闘力ゼロだが、どうするつもりだ?)

「コンティオールとお爺ちゃんとオードスルスがいたら、大体のモンスターには勝てると思う!」

(他力本願か!!)

「ねぇ~行こうよ~、ねぇってば~」

(わかった、わかったからたてがみに顔を擦《こす》りつけるな)

「やっほ~い。じゃあ一回城に戻って、お弁当を用意してダンジョンね!」

(ハイキングじゃないんだぞ?)

第三章　ダンジョン探索と交戦、一つの結果　～無自覚なやらかし聖女～

「ここ！　ほらここに地下への大きな階段があるの！」

お爺ちゃんとオードスルスを連れて、ダンジョンの入り口に戻ってきた。

私達四人が横に並んでも余裕があるくらいに大きいから、きっと中には大物が潜んでいるはずよ！

「ほっほぉ、コレは確かに大きいのぅ。聖獣の、ただの地下空洞ではなかったようじゃな」

（うむ。まさかダンジョンだとは思わなかったな）

【わーい、ダンジョンだー。ボク初めて見るよ】

「さあ！　ダンジョンを攻略して、お宝をゲットするわよ！」

「あうえ、ほんあほほひ、ほんひがひえ、ふあくへ、おろろえ……うわ～ん」

ダンジョンに入ってしばらく経った頃、私は泣きじゃくっていた。

聞いてないよぅ、ゾンビとかガイコツがいるなんて。

（ほら泣くな。背中に乗ってろ）

「うん、あいあお」

コンティオールの背中に乗り、首にしがみ付く。

そう言えば上に乗るのは久しぶりだ。たてがみ、モフモフ。

【ママー、大丈夫？】

「嬢ちゃん無理はしなくていいんじゃぞ？」

「うん、らいじょぶ。ごえんね、ひんぱいかけて」

初ダンジョンでこんな目に遭うなんて思わなかったわ。隊長さんに話を聞いておくんだった。

お爺ちゃんの魔法で通路は明るいけど、ずーっと切り出された石の床と壁だ。天井も高いし幅もある。

長い階段を下りてここが最初のフロアなのに、いきなりラスボスが現れるなんて、このダンジョンの難易度は高すぎよ。

いきなりゾンビとガイコツが出てきて、三人が倒してくれたからよかったものの……ゾンビ、嫌。

「他に普通のモンスターはいないのかしら」

（気配は感じるが、姿を現さないな）

【パパ、ママ、おじいちゃん、水が近くにあるよ】

「水？　何かしら、地上みたいに噴水があるの？」

（人工ダンジョンでは休憩場所に噴水があるらしいが、天然では聞いた事がないな）

「人工？　わざわざダンジョンを作るの？」

（そうだ。主な目的は兵士や冒険者の訓練だが、生態調査も行われている）

へ～国っていろんな事をしてるのね。ダンジョンなんて作らず、キレイな公園を作ればいいのに。

【右に行ったら、大きな池があるよ】

初めての分岐点である十字路に差し掛かると、オードスルスが右を指差した。

「特に当てもないし、右に行きましょっか」

反対意見はなかったから、そのまま右へ進む。

すると確かに湿度が高くなってきた。水場が近いのかしら。石畳が段々なくなってていき、砂利道になった。壁も天井も石じゃなくなって、ただの洞窟みたいだ。

「ずいぶんと変化のあるダンジョンじゃな。天然物でも、ここまで様変《さま》わりする物は珍しいのぅ」

（ああ、少し警戒した方が良いな）

「え、何なに、悪い事なの？」

（わからん。何ぶん初めてのダンジョンだからな）

それもそっか。誰も知らないダンジョンなんだから、何があるのかもわからないわよね。

ゆるく曲がるジメジメした道をさらに進むと、大きな空間が現れた。地下とは思えないほど天井が高くて、奥行きも幅もとても広い。そして湖があった。

コンティオールから下りて、照らされた水面を覗き込む。

「大きな湖だ！　何で？　地下なのにこんなに大きな湖があるの？」

「地底湖じゃな。水も澄んでおるし深さもある。これは観光に使えるぞ」

「観光！　人がいっぱい来るわね！」

それは良いわね！　じゃあこのダンジョンの周辺を開発して……ん？

「ダンジョンに観光って大丈夫なの？」

（ゾンビ程度しか出てきていない。街の兵士を使えば大丈夫だろう）

「よし！　早速湖の調査をしましょう！」

【ママー、この水、おいしいけどマズいよ～？】

「美味しいのにマズいの？　どういう意味？」

【ん〜、わかんない！】

「ん？　なるほど、そういう事じゃったか」

お爺ちゃんがしゃがみ込んで、水に手を入れた。

「お爺ちゃん、何かわかった？」

「この水はな、嬢ちゃんの聖なる力とは違う、魔力が豊富に含まれておる」

「ホント？　じゃあ魔法使いさんが喜ぶわね！」

「……なのじゃが、とてつもなく強力な毒が含まれておる。飲んだら即死じゃ」

「ど、毒!?　何で？　こんなにきれいな水なのに？」

（湖から離れろ！）

コンティオールが叫ぶと、私の服を噛んで後ろに引きずり戻した。か、かかとが痛いわ。

「どうしたのよコンティオー……る!?」

水面が盛り上がり、巨大なヘビが鎌首をもたげてる！

あれ？　でも髭《ひげ》があるし、口には牙があるし、頭の後ろには二本の角が生えてて短い前足がある……まさか!?

「騒がしいぞお主達。ここを水龍の根城《ねじろ》と知っての狼藉《ろうぜき》か」

巨大なヘビのような水龍が私達を睨《にら》んでいた。

コンティオールに服を噛まれたまま身動きが取れないけど、水龍は私達を不機嫌そうな顔で見てる。か、観光名所にしようとしたのがいけなかったのかな。

「えーっと～、その～、こ、こんにちは？」

って何挨拶してんの私！　龍に人の挨拶をしてどうすんのよ！

「うむ。こんにちは」

ペコリと頭を下げた。……こ、この龍カワイイ!!

私が目をキラキラさせると同時に、コンティオールが口を開けた。

「イタ！　ちょっとコンティオール、いきなり口を開けたから落ちて地面にお尻打ったじゃない！」

（水龍……お前はアクアノートか？）

「そうだ。我《われ》を知っているのか？」

（水龍アクアノート。千年前の大災害の時に、海から大陸を守ったと伝説にあるが、本人か？）

「懐かしいな。我《われ》一人ではないが、大陸が水没するのを防いだ者の一人だ」

水龍がコンティオールに答える。

「おお～、見た事があると思ったら、アクアノートじゃったか！」

「我を見た事があるだと？　貴様、ふざけた事を……エルボセックではないか！　久しいな！」

え？　何なに、お爺ちゃんのお知り合い？

不機嫌そうだったアクアノートが、いきなりご機嫌になっちゃった。

「お主も元気そうじゃの。あれからずーっとここで寝ておったのか？」

「うむ。途中何回か目覚めたが、すぐに眠り直していた」

「そうかそうか。お主が目覚めても、お主の力が必要なほどの異変は起こっておらんからなぁ」

「その通りだ。だから聞くが、今回は何があった？　お前の体から聖気《せいき》が満ち溢れている。それほどの力が必要な異変が、この時代にも起きようとしているのか？」

「いや？　平和なもんじゃ」

「そうか平和か。それはよかった……ではなく、大地の大精霊たるお前がそんな状態なんだぞ？　何かが起きようとしているから、力を蓄えたのではないのか？」

「最近メシが美味くてな」

「うむ、食事は大切だな……だからそうではなく、我《われ》が知るお前の全盛期よりも力が満ちているのだ、星が滅びるほどの異変が起きているのではないのか？」

「そうじゃな、強いて言うならば……孫ができた」

「おお、それはおめでとう。そうか、ついにお前にも孫が……いやだから、聖気《せいき》に満ち溢れている理由を……まて、今のツッコミどころはソコではない。孫だと⁉」

「うむ紹介しよう、聖女ロザリーとオードスルスじゃ」

お爺ちゃんに紹介されて前に出た。お爺ちゃんは私とオードスルスのお爺ちゃんだけど、私達は孫だったの？　でもオードスルスは喜んでるし……ま、いっか。

「ど、どうも～、ロザリーでーす」

【ボク、オードスルスだよ！】

「そうかそうか、うんうん、古い友人が幸せになると、我《われ》も幸せな気分になる……人と水の精霊ではないか！　土要素はどこへいった‼」

キレッキレのツッコミね！　水龍って可愛いし面白いしで、これはぜひお友達になりたいわ！

「ほっほっほ、お主は相変わらず面白いのぅ。ほれほれ、いい加減に気づかんか？」

お爺ちゃんが私を見て微笑んだ。きゃっ、お爺ちゃんの笑顔は破壊力抜群ね！

ここは美少女として、微笑みを返しておかなきゃ。私とお爺ちゃんが笑顔で見つめ合った。

画家さん！　画家さんはいませんか！　きっと今すごい絵になってますよ！

「ま、まさかエルボセック……お前とその少女の子が水の精霊なのか⁉」

(そっちじゃないだろ！　ツッコミがツッコミになってないわ‼)

もーコンティオールったら、私とお爺ちゃんが結婚するはずないでしょ？

お爺ちゃんの相手はマックスに決まってるんだから！　でへへ。

「気づいておるじゃろうから言わんが、そういう理由じゃ」

「うむ。それにしても末恐ろしいな、将来は一体どうなるのか」

あれ？　いきなり二人にしかわからない話になっちゃった。

何が末恐ろしいんだろう。オードスルスの可愛さ？

「それでじゃ、ここを観光地にしたいんじゃが、いいか？」

「それは断る」

「まぁそうじゃろうな」

あっさり断られちゃった！　くすん、ロザリア国の観光名所ができると思ったのに。

「とはいえ、このまま帰すのは忍びない。コレをやろう」

水の中から何かが出てきた。あれは桶《おけ》？　木でできた少し大きな桶《おけ》が目の前に転がった。

「その桶《おけ》でここの水を汲《く》めば、毒がなくなり純粋な魔力の水になる。凝縮したら魔結晶になるし、そのまま飲んでも魔力の補充ができる。いつでも来ていいから、好きなだけ汲《く》んでいけ」

「わー、ありがとうございます！　では早速一杯」

桶《おけ》に水を汲《く》む。見た目は変わらないけど、オードスルスが一口飲んで、すごく美味しいって。

毒がなくなってるみたい。えーっと凝縮？　確かこうだったたっけな。

桶《おけ》の水に手をかざして意識を集中させ、水が小さな結晶になると想像する。

ん～……見えた！

「えい！」

イメージができた瞬間に聖なる力を注ぎ込むと水は光り輝き、小さな濃い紫の結晶になった。

「やった～、できたよ～」

「ごふぉ！　ちょっと待て、凝縮したらとは言ったが、そんな簡単にできるはずがないだろう！」

水龍が驚いてる、っていうかオロオロしてる、っていうか混乱してない？

「はっはっは。まぁそういう事じゃ」

「む、無茶苦茶だ。何だか疲れてしまった、我《われ》は寝る。用があれば、また来るがいい」

そう言って水の中に潜っていった。これは……お友達になれたのかな？

ついでだから、魔結晶を十個ほど作っておいた。

最初の結晶はトゲトゲだったから、それ以降は楕円形《だえんけい》をイメージして作った。

大体親指サイズかな？　きれいな楕円形《だえんけい》の濃い紫の結晶が出来上がった。

「調子に乗って作ったけど、これって何ができるの？」

（並の魔法使いなら十回は魔力を全回復できるな）

「へぇ～、それってすごいの？」

（すごいんじゃないか？　俺は魔力を使わないから知らないが）

そっか、コンティオールの力は聖なる力だもんね。アクアノートは聖気《せいき》って言ってたっけ。

「冒険者あたりに売れば、高値で売れるじゃろうな」

「そうなの？　じゃあこれも名産品にしよっかな」

観光名所はできなかったけど、名産品ができたからオッケーかな？

そうとわかったらいっぱい作ろう！　大体二十個くらい作った時、アクアノートが現れた。

「お前ら！　そんなに力を出しまくっていたら、我《われ》が眠れぬではないか！」

「え⁉　そ、そうなの？　ごめんなさい」

「はっはっは。聖気《せいき》は相手によっては強い光にも感じるからのぅ、アクアノートには眩しかろうて」

（やましい事があるから、聖なる力が眩しいんじゃないか？）

「そ、そんなはずはない！　昔暴れた事はすでに清算して……あ」

「本当にあったんだ‼」

「はっはっは、見事に釣られたのぅ」

アクアノートはバツが悪そうに顔を逸らした。

「け、結晶化はほどほどにするのだぞ！　いいな！」

恥ずかしがりながら水に潜っていった。眩しいならもうやめよう。ダンジョンの探索もあるし。

来た道を引き返し、十字路まで戻ってきた。

「えーっと、次はどっちにしようかな。次も右に曲がろっか」

ぞろぞろと四人で進んでいくと、次は大きなカエルがいっぱい出てきた。

う、ゾンビほどじゃないけど、カエルも嫌いなのよね。

（まあ待ってろ、すぐに終わらせる）

そう言ってコンティオールは前進し、カエル達の真ん中を通り過ぎて……こっちを振り返った。

（終わったぞ）

「はへ？　終わったって、真ん中を歩いただけじゃない？」

「いや嬢ちゃん、終わっとるのじゃ」

お爺ちゃんが指差した先を見ると、カエルは気を失っていた。

ピクリともせず、まるで石像か何かみたい。

「な、何をしたの⁇」

（威嚇《いかく》だ）

「威嚇《いかく》？　舐《な》めんじゃねーぞ、こんちきしょーってやつ？」

（……少し違うが、まあそんなようなものだ）

便利な力があるのね〜。動かないけど、やっぱり見た目が気持ち悪いから、ダッシュで走り抜けた。カエルが見えなくなり、先に進むと今度は巨大なトカゲの群れが出てきた。

トカゲというか、爬虫類《はちゅうるい》って嫌いなのよね〜。

「ワシに任せておくのじゃ」

お爺ちゃんが前に出て、トカゲに右手をかざした。すると突然通路が狭くなり、トカゲがいた場所の通路は壁と壁がくっついてしまった。えっと、つまり……トカゲのシッポらしい物が落ちてきた。しばらくはピクピクと動き回り、やがて動かなくなった。

通路が広がると、潰されたトカゲ達が……

「ひやぁ〜〜！　トカゲは嫌いだけど、グチャグチャなトカゲはもっとイヤーー!!」

目をつむって走り抜けていった。

半泣きになりながら走ると、その先には虫みたいな一団がいた。

「ほ、虫ならそれほどじゃないわね」

ゆっくり近づいていくと、虫の姿が見えてきた。

「Gはイヤーーーーーーーー!!」

人間サイズのGは勘弁して！　蝶々とかトンボなら平気なのにぃ！

やっぱり奴らは一匹見たら百匹はいるのね!!

【ママー、ボクに任せて】

オードスルスが前に出ると、水を超高速で細く撃ち出し、G達を切り刻んでいった。

ほ、原型がわからないほど小さくなれば、Gといえども怖くは……足が目の前に落ち、ピクピクと動いてる。

「いやぁ～～～～！」

思わず魔結晶を投げつけた。いやいや、こんな小石で何をしようってのよ私。魔結晶が床にぶつかると、大量の魔力を放出し、Ｇの足が消滅した。足だけじゃなくて、床も丸くえぐれてる。

「え？　魔結晶ってこんな事もできるの？」

（ふむ。今のは聖なる力と融合して、別の力に変換されたからだな）

「そ、そうなの？」

「ほほぅ、それは面白い。魔結晶の使い方が増えるのじゃな」

よくわからないけど、今後Ｇが出てきたらこれを投げつければいいのね！

Ｇの脅威から逃れた私達は、ビクビク（私だけ？）しながら先に進んだ。

するとまた大きな広場に出た。広場なんだけど……地下ダンジョンなのに小さな山がある。

「また龍が出てくるのかと思ったけど、何で地下に山があるの？」

（山……だな）

【山登り～】

オードスルスが山の上にふよふよ飛んでいく。

小さいとは言っても山、向こうに何かあるかもしれないから、私達も後を追いかけた。

中腹に差し掛かった頃、お爺ちゃんが首をかしげた。

「ん～……おおそうじゃ、思い出した」

「思い出したって、何かあったの？」

「うむ。急いで山を下りるのじゃ」

「え？　いきなりどうしたの？」

「ほれほれ、急げ急げ、オードスルスも戻るのじゃ」

【はぁ～い】

残念だけど、お爺ちゃんの言う通り山を下りる。

山を下りると、地響きみたいな声が聞こえる。

——下りたか？

「おお、もう大丈夫じゃ。騒がせたのぅ」

「え？　何なに？　お爺ちゃん誰と話してるの？」

山がゆっくりと動き出し、円を描くように回転を始める。

回転しながら山はせりあがり、山の埋まっていた部分が見えてきた。

「……カメ？」

（こんな巨大なカメが……グランドノートか！）

「そうじゃ、一部では地龍と呼ばれている存在じゃな」

――その呼び方はやめろ……ワシはただのリクガメだ。

また地響きみたいな声が響いてくる。

カメ？　カメって首が出たり引っ込んだりする、甲羅を持つアレ？

そう思っていると、目の前に私よりも数倍大きなカメの頭が現れた。

「わ！　こ、こんにちは？」

――こんにちは……お嬢さんは？

「私はロザリー。ロザリア国の国王であり聖女です」

――そうか……それでか……

ど、どうしたんだろう。地龍っていう割には元気がないけど。

さっきのアクアノートとは全然違うわね。

「グランドノートよ、お主まさか、あれからずっと寝ておったのか？」

――ああ……そうだ。

（あれからとは、千年前の大災害からか？）

――ああ……お前は……聖獣か？

（俺は聖獣コンティオールだ）

――そうか……ワシはな……もう歳だ……このまま寝かせてくれんか。

「グランドノートはワシよりも長生きでな、数万年は生きているといわれておる」

「数万年⁉　生まれた頃に人なんていないわよね？」

「人はせいぜいこの数千年じゃな」

ひ、ひえ～、何それ歴史の証人じゃない。そんな古くから生きてるカメが、千年も前からここで寝てたなんて。

そういえばアクアノートは、一人で大災害から守ったわけじゃないって言ってたけど、グランドノートもいたのかな。

「あの時はアクアノート、グランドノート、ウィンドノート、後は三大精霊も揃っておったからのう。懐かしい面子《メンツ》に会うもんだわい」

「……ねえ、火はいないの？　精霊も龍も？」

「火の龍も精霊もおるよ。龍は気まぐれでどこにいるのやら。火の大精霊はのぅ……」

お爺ちゃんが珍しく言い淀んだ。何なに？　何かあるの？

「火の大精霊が姿を現した時、世界は滅ぶといわれておる」

ふお⁉　何それヤバイやつじゃん！

「じゃあじゃあ、火の普通の精霊も危ないの？」

「普通の奴なら大丈夫じゃ。土地柄、ロザリア国周辺にはあまりいないが、火を熾《おこ》せば必ず精霊も寄ってくるのじゃ」

ほっ、よかった。でもそっか、どうして火の精霊だけ出てこないのかと思ってたけど、地理的な問題だったのね、嫌われてるのかと思ったけど、安心したわ。

――用がないのなら……立ち去れ。

「あ、ごめんなさい。ダンジョン攻略が目的だから、先に進みますね」

そう言って立ち去ろうとしたけど、お爺ちゃんが動かない。

「お主、そんな事を言って滅びるつもりじゃろ」

え？　滅びる？　死ぬって事？　それに対してグランドノートは何も答えない。

ホントに死ぬつもりなの？

――ワシは生き過ぎた……ただのカメが長生きし……妙ちくりんな力まで持った……お前達とは違うのだ。

お前達っていうのは、三大精霊や他の龍の事かしら。

確かに三大精霊は精霊として存在するし、龍もそういう種だ。

たとえるなら、普通の人が偶然長生きして特殊な力を得て、神様扱いされちゃったたって感じ？

……結構キツイかも。

「お前がいなくなったら、ワシが長老になってしまうではないか！　ワシはそんなの御免じゃ！」

——長老などと……お前の方がふさわしいだろう。

「ことわーる！　ワシの姿を見ろ！　長老などと呼ばれたくないわい！」

——ふざけているのか……？　お前らしくもない。

「精霊といえど変わるものなのじゃ。じゃからお前も変われる、さっき生きがいを紹介したじゃろ？」

生きがいって紹介するものなの？　与えるとかじゃなくって？　っていうか誰よ。

——確かに……興味はある……しかし。

「目を逸らすな、生きる事を諦めるな、もう良いなどと思わないでくれ。この世界には、お主が必要なのじゃ」

——目を逸らすな……か。興味を持つという事は……疲れるのだぞ？

「疲れなんぞ吹き飛ぶくらいに面白い事が続いておる。ワシがその証拠じゃ」

グランドノートはゆっくりとまばたきをして、私達を見回した。

――そうか……ではお前に乗せられるとしよう。もうしばらく……眺めているとしよう。

グランドノートは何かに興味を持ってくれたらしく、滅びる事はないと言ってくれた。

何に興味を持ったのかしら。よくわからないけど、生きられるのなら生きていてほしい。

でもどうしても嫌になったら……どうしよう。

（お前が考えても仕方がない事だ。所詮は他人の命、俺達がどうこう言えるものではない）

「それはそうだけど」

グランドノートの広間の先は行き止まりらしい。通路を戻って最初の十字路まで帰ってきた。

さて、残る道は一本ね。

「ねぇねぇ、水、地ときたら、次は風の龍が出てくるのかな」

「風と名の付く者は大体が自由を好むからのぅ。大体の奴は外で気ままに暮らしておるじゃろ」

「ああそっか。シルフ・シルフィーも言ってたもんね、留まったら風じゃないって」

お爺ちゃんの言う通りね。じゃあ次に出てくるのは何だろう。

と思って先に進んだら、さらに下りる階段があった。

(ほぉ第二階層か。龍達の住処が最上階で、その下に住む者がいるだと？　面白い、その面《つら》を拝んでやろう)

何かコンティオールがやる気出してるわ！　これは私も頑張らないと、負けてられないわね！

……何か勝負してたっけ。

そんな事を考えながら階段を下りるけど、なかなか下の階に着かない。

龍が二体いたわけだから、崩れないように、深くまで掘らなきゃいけないのはわかるけど……どこまで下りればいいんだろう。

【地面が見えるよ〜】

少し先行していたオードスルスが戻ってきた。ほ、やっと地下二階に着くのね。

長い階段が終わり、一息つこうと思ったけど、それどころじゃなかった。

あちこちからひどい音がする。唸《うな》り声、悲鳴のような声、何かが壊れる音、何かを食べる音。

まるでこの階全体で戦いが起きていて、それが全部聞こえてくるようだ。

「な、何が起きてるの？」

（ふむ……どうやらここはモンスター共の巣窟《そうくつ》のようだな。なるほど、そういう事か）

「何？　何納得してるの？」

（普通のダンジョンとは逆だ。地下に閉じ込めたモンスターを出さないために、最上階に龍が住みついているのだろう。ゾンビやカエルなどは、地上に出たら干からびるから、放置されていたのだろう）

「ねぇ、それってさ、ここにいるモンスターはかなりヤバイ連中って意味に聞こえるんだけど？」

（そうだ。心してかかろう）

ひぃぃぃぃぃ〜〜!!

何それ！　コンティオールが心してかかるって、初めて聞いたわよそんな言葉！

「これはかなり気を付けねばならんのぅ」

【ママは、ボクが守るよ】

お爺ちゃんもオードスルスも戦闘態勢に入ってる！

ちょ、ちょっと？　帰るって手もあるのよ？

でもみんなは気合いが入ったようで、ズンズンと先に進んでいく。

「置いてかないでぇ〜」

慌てて後を追いかける。置いていかれたらたまったもんじゃないわよ！

みんなに追いついた直後だった。私の目の前を巨大な何かが飛んでいったのは。

ビックリして体が硬直しちゃったけど、何？　何が横切ったの？

錆《さ》びたオモチャみたいにギシギシと首を動かすと、牛の顔を持つ巨大な人型の生き物が、巨大な石斧を持ったまま壁にめり込んでいた。

その反対側には、巨大な棍棒を持つ巨人……腕は太く長く、足は短い。そして目が一つ。

「ほほぉ、ミノタウロスとサイクロプスの戦いか。これは見物じゃな」

お爺ちゃんは喜んでるけど、私は冷や汗が止まらなかった。

こここ、ここってば、私みたいな普通の子が来ていい場所じゃないわよね？

（血が滾《たぎ》るな。俺も交ぜてもらおうか）

こ、コンティオールさん？

「聖獣の、ワシも行くぞ」

お、お爺ちゃん？

【今のはママ、危なかった。許さない】

お、オードスルスまで⁉　コンティオールが一歩踏み出したのが合図になった。

サイクロプスとミノタウロスが、私達目がけて突進してきたのだ。

きゃ、きゃー！　キャー！　ちょ、ちょっとぉ⁉

しかもモンスターは二体だけじゃない、飛び入りした私達が目立ったせいか、あちこちから集まってくる！　ミノタウロスもサイクロプスも……魔狼も大きな蛇も、見た事もない虫までいる。む、虫ぃ⁉　ダメだめ、しっ、しぃ～～！

そんな私の思いも空《むな》しく、コンティオールは笑いながら壁や天井を駆けまわり牙で切り裂き、お爺ちゃんは地面からトゲを突き出させたり穴を開けたり、オードスルスは細い高圧の水で切り刻んだりしている。

つよ！　わかっていたけど、こんなに強かったのね。それでもモンスターの数が減らない。

次から次へとモンスターが湧いて出る。それこそ大小さまざまなモンスターだらけだ。

あ、飛んでるのもいる。

【ママー、さっきの魔結晶一つちょうだい】

「魔結晶？　良いわよ、はい」

何に使うのか知らないけど、オードスルスが欲しがるから渡した。

【ありがとー】

そう言ってオードスルスが魔結晶を呑み込むと、お腹のあたりで魔結晶が光り出した。

あ、あれ？　これってさっき地面をえぐった光じゃ……！

オードスルスが光に包まれると、そこには鎧を纏った細身の騎士が立っていた。

え？　あ、鎧は金属だけど、兜《かぶと》の中に見える顔はオードスルスだ。

金属の鎧と、穂先が円錐形《えんすいけい》の長い槍、ランスを持っている。

「オードスルス？　また成長したのね」

「そうだよ、母さん。待ってて、今こいつらを全滅させるから」

ま！　なんて心強いお言葉！　それに実体化し、言葉を喋《しゃべ》れるようになったみたい。

あのランスで突きまくるのかしら。

オードスルスがランスを右わきに構えた。あ、やっぱり突進するの？　……!?

ランスの先端から水滴が飛び散り、水滴が当たった場所には黒い渦《うず》が発生した。

一メートルくらいの渦《うず》があちこちに発生して、それにたくさんのモンスターが呑み込まれていく。

何コレ何コレ！　魔結晶を上手く使うと、こんな事ができるんだ！

そして黒い渦《うず》が消えると、呑み込まれたモンスターは体が渦巻状に丸められて落ちてきた。

前とか背中とか横とか……背中に向けて渦巻状に丸められるのはヤバイわね。

オードスルスに気を取られていると、コンティオールが戻ってきた。
お爺ちゃんもだ。あれ？　もう戦わないの？
（いい運動になったな）
「久々に力を使いまくったわい」
「母さん、怪我はない？」
オードスルスまで⁉　あの皆さん？　戦いはもう良いのでしょうか？
（もう終わっている）
「へ？」
周囲を見ると、確かに動いている者はいなくなっていた。
あたり一面死屍累々《ししるいるい》。モンスターは一体どっちなのかと思ってしまったわよ。
モンスターが死屍累々《ししるいるい》状態だけど、コンティオールとお爺ちゃんが死体を漁《あさ》り始めた。
あ、そういえばモンスターの体って資源になるんだった。
（流石《さすが》にこの数は運べないな。今度街から兵士を連れてきて回収させよう）
集められた死体が山のように積み上がった。
肉も骨も使えるんだから、モンスターって便利よね。
「では先へ進むとするかの。この辺のモンスターはいなくなったが、遠くではまだまだ戦っておるようじゃからな」

そう、近くにはいなくても、遠くからはまだまだ戦っている音がしている。

一体どれだけのモンスターがいるんだろう。まさか全滅させないと先に進めないとか、そんな事はないわよね？

恐る恐る進もうかと思ったけど、お爺ちゃんが敵の場所を把握してたから、最小限の戦闘で階段までたどり着いた。

あれから二回の戦闘でさらに山が増えた。

「ねぇコンティオール、この下の階にも、たくさんのモンスターがいるのかしら」

（それはわからないが、さらに強力なモンスターがいると覚悟した方が良いだろう）

はぁ～、やっぱりそうよね。おかしいわね、私の予想では地下一階で私の隠された力が覚醒して、地下二階以降は私が先頭を歩いているはずだったのに。

このままだと私、ただのお荷物じゃない？

（俺の背中で泣いてたくらいだからな）

「ちょっと⁉　あれはゾンビが悪いのよ！　ぐちゃぐちゃで臭くて骨が見えてて……気持ち悪くなってきた」

「ほらほら嬢ちゃん、落ち着くのじゃ。嬢ちゃんがお荷物なわけがないじゃろ？」

「そ、そうよねお爺ちゃん」

「僕は母さんと冒険ができて嬉しいよ？」

「もうオードスルスったら、私も嬉しいわよ」

うんうん、大丈夫ね、お荷物になってない！

「さあ、階段を下りるわよ！」

今度の階段はそれほど長くなかった。

でも階段を下りた先は今までとは違って、床は石でも土でもなかった。

「何かしらこれ。茶色っぽいけど硬い石？」

かかとで地面を蹴る。とっても硬いけど材質がわからない。

でもオードスルスが歩いた事でわかった。とても甲高い音がした。金属だ。

まさかオードスルスの鎧で判断できるとは思わなかったわ。

でもこれ……進んでも大丈夫なのかしら。

(少なくともモンスターの気配はないな)

「うむ、危険はないはずじゃ。しかし、ワシの力が通りにくいのう、通路の先が見えんわい」

どうやらお爺ちゃん、これまで大地の力を感じ取って周囲の様子を見ていたようだけど、それができないみたい。

「う〜ん、どうしようかしら……ここまで来て戻るのは嫌だし、進んでもいいよね？」

「大丈夫だと思うよ、母さん」

オードスルスがＯＫなら大丈夫！　よし前進！

進んでいくと、地面だけじゃなくて壁や天井も金属になっていった。

そして魔法の灯りがいらないくらい明るくなってきた。

「何で明るいの？　ランタンも松明《たいまつ》もないのに」

「ワシにもわからん。壁や天井自体が光っておるようじゃが」

そしていつの間にか通路全体が銀色の光を放っていた。

モンスターとは違う意味で警戒しながら進むと、前方に大きな扉が見えてきた。

扉も金属でできていて、植物のような模様が彫られている。

「これ、開けていいのよね？」

（ここまで来たら開けるしかないだろう）

ここまで異質な作りなので、警戒よりも興味の方が大きくなってきた。

かなり重たい扉だったけど、四人で押したら鈍い音を立てながら開いた。

中は広い空間で、高さは二階建ての吹き抜けくらい、広さはちょっと大きめの公園くらいかな。

一番奥には何かが置かれているみたい。そして床には幾何学模様が描かれていた。

「何？　この部屋」

「何じゃろうな」

「……わかんない」

（とりあえず奥へ行ってみよう）

奥へ進むと、床の幾何学模様の線に虹色の光が流れていた。

キレイだけど、魔法で光ってるの？

一番奥に来ると、そこには教会の祭壇みたいな物が置いてあった。

そして壁は白く塗られ、天使が向かい合い、互いの手を握り合ってる彫刻が施されている。

あ、下の方には大勢の小さな人？　が描かれていた。

「人々が天使に祈ってる絵？」

（祈っているようには見えないが）

「どちらかというと助けを求めているように見えるのぅ」

天使に向けて手を伸ばしてる人が多いかな？　ほとんどの人は天使を見上げてる。

「わからないわね、何の絵なのか」

それにしてもしっかりとした作りの祭壇ね。ロザリアには簡易な物しかないから、これだけ良い祭壇は久しぶりだわ。祭壇に近づき朗読台に立って広間を見渡す。

広いわね。昔はもっと広い場所で祈りを捧げていたけど、懐かしい感覚だわ。

ちょっと祈りを捧げよう。手を組んで、目をつむって祈りを捧げる。

あ、目をつむったらどこでも一緒ね。それにしても、あの天使は何なのかしら。

（おいロザリー！　何をした⁉）

後ろでコンティオールが叫んでる。何よ、一体。

「嬢ちゃん……何をしたんじゃ？」

お爺ちゃんまで？

「母さん。とりあえず目を開けて」

オードスルス？　何だかすごく驚いてるみたいだけど、どうしたの？

言われて目を開けると、目の前の床の幾何学模様に激しく光が走っている。

「え？　何なに？　何があったの⁉」

光は強くなり、広間の中心付近に光が集まり始める。

光が集まるとさらに強くなり、天井まで届く光の柱になる。

「きゃぁ！」

眩しくて見ていられない！　一体何があったっていうのよ！

しばらくして広間の光が弱まり、完全に収まった。目を開けると、中央付近で二人の天使が宙に浮いていた。

えっと、天使……よね？　あれ？　どこかで見たような？

「あ、壁に描かれてた天使だ」

（ロザリー、お前一体何をした？）

「何って、久しぶりのキレイな祭壇だったから、ここでお祈りしようと思って」

「祈りじゃと？　それは普段国でやっている祈りかのぅ？」

「うん、そう」

天使は羽を広げるとゆっくりと地面に降り、地面に足が着いたら羽をしまった。

「「あなたが、私達を呼んだのですか？」」

二人が同時に喋《しゃべ》った。二人の声は少し違うんだろうけど、完全にハモっているからどっちがどっちの声かわからない。

一人は光り輝くような白くて長い髪、もう一人は光り輝く短い髪だ。

あれ？　二人ともずっと目をつむってる。

「えっと、祭壇で祈りを捧げたのは私ですが、呼んだつもりはないんですけども……」

「「私達を思って祈りを捧げませんでしたか？」」

天使を思って？　べつにそんな事は……！

「あ、祈りながら、この天使さんは何なんだろうって、考えた」

え？　え？　考えながら祈りを捧げたら、呼び出した事になっちゃうの？

ここって一体どんな場所なの？

「「そうですか。私達は召喚されたのですね」」

（お前達は何者だ？　天使なのか？）

「私はラングエル」

「私はクーズエル」

えっと、髪の長い方がラングエルで、短い方がクーズエルみたい。

「あの、呼び出したついでで申し訳ないんですが、ここって何をする場所ですか？」

「「ここは召喚の間。本来はモンスターを呼び出して使役するための場所です」」

モンスターを召喚して使役する？　要は自分の手下にするって事？

じゃあ何で天使が出てくるのよ。

「つまりお主らは、天使でありながら嬢ちゃんに召喚され、使役されるのじゃな？」

「「その通りです。まさか人の子に呼び出され、使役される日がこようとは思いませんでした」」

ほえ？　何言ってるのかわからないけど、天使を使役なんてできるわけないじゃない。

神様の使いよ？

（それをお前はやってしまったんだよ）

「……うそぉ？」

「「さあ、何なりとご命令を」」

天使二人が私の前に跪《ひざまず》いた。

え？　え？　ちょっと待って、何言ってるのかわからないんだけど？　命令？　イヤイヤ、神託を授けるのはあなた方ですよね？

どうしたらいいのかわからなくてしばらくオロオロしてたら、業《ごう》を煮やしたのか天使が口を開いた。

「「命令がない場合、命令が発せられるまで側を離れる事ができません。何なりとご命令を」」

「え？　えっと、ずっと呼び出したままなんて可哀そうよね。じゃあロザリア国を守ってください」

「「御意」」

ほ、これなら天使が防御魔法でロザリア国を防御するだけだよね。

あんまり天使を縛り付けちゃまずいし。

（いや……お前……）

「ん？　どうしたの？」

「嬢ちゃん、無意識だろうが、天使二人をロザリアに縛り付けるとは、やるのぅ」

「え？　え？　だって魔法か何かで、祝福なり防御なりしたら終わりじゃないの？」

（守る、と言ったら外敵だけではなく、病気や災害からも守らなくてはならない。いつ何時何が起きるかわからないからな。だからずっといないといけないんだ）

「……ふえぇ、私やらかしちゃったよ〜ぅ」

もう泣きそう。てか泣いてると思う。

え？　何も考えずにお願いしたら、まるで呪いのように国から離れられなくなっちゃったの？　すぐにでも帰ってもらえると思ったのに！

「ダメ！　キャンセル！　今のはなし!!」

「「一度受理した願いは覆《くつがえ》せません。履行完了するまで続きます」」

イヤァーー！　やっちゃったよ私！　何天使を地上に縛り付けちゃってんのーー！

どうしよう！　誰か詳しい人教えて！　この約束を無効にする方法プリーズ！

あ、アクアノートとか知らないかな？　龍だしここの番人みたいだし、詳しい事を知ってそう！

でもちょっと遠いかな。こっちに来てくれたらいいのに。

「あ」

「のわぁ！」

叫び声を上げながら長くて巨大な水龍、アクアノートが天井から落ちてきた。

……ど、どうしよう……さらにやらかしちゃった。

「何だ？　一体何が起こった？　やっと水の中で長い眠りにつけると思っていたのに」

思わず呼び出しちゃったけど、つまりこれって……使役しなきゃいけないわけで……エへ。

「ん？　お前達はラングエルとクーズエルではないか。こんな場所で何をしている？　復活を果たしたのか？」

「「復活しました。しかしアクアノート、あなたまで人に使役されるのですね」」

「何を言っている、俺が人に使役なんて……召喚されたのか我《われ》は!!」

やっと気がついたみたい。話を聞こうとしただけなのに、間違えて召喚しちゃった。

アクアノートが眷属《けんぞく》か〜。ないわね。

「えっとね、エヘヘ〜、召喚しちゃったみたい」

「えへへーではないわ！　何してるんだお前はー！　我《われ》を呼び出すとは一体何事か！

一体どのような命令をするつもりなのだ！」

不用意にアクアノートを呼び出しちゃったけど、何だかとっても不機嫌そうだ。

間違って召喚しちゃった私が言うのも何だけど、怒ってばかりだと寿命が縮むわよ？

「えっとね、天使を間違って召喚して命令もしたんだけど、命令をなかった事にしたいの。何か方法を知らない？」

「間違って天使を召喚……いやいい、何となく想像がついた。あーそうだな、命令をなかった事にはできない。命令を最後まで遂行して、両者合意の下でないと終わらない」

「それじゃ困るの、今すぐにでもキャンセルしたいの」

「ちなみに、どんな命令をしたのだ？」

「国を守ってって」

「……何とおぞましい命令を……人の子とは恐ろしいものよ」

「だ、だって知らなかったのよ！　そんな大げさな話になるなんて！」

「そうだな、命令をなかった事にはできないが、最初の命令に矛盾しない形でなら、命令を追加する事が可能だ」

「じゃあ、普段は守らなくてもいいです、とか？」

「それでは守っている事にはならない。そうだな、国に危険が及んだ時に守ってくれ、が精いっぱいか」

「じゃあそれで！」

……あれ？　何も起こらない。この命令じゃダメなのかな。

（ちゃんと自分の口で命令しないとダメなんじゃないか？）

あ、そっか。

「ラングエルとクーズエルに追加命令！　国に危険が及んだ時だけ守ってくれればいいから！」

「「承知しました。では通常時は天界よりロザリア国を監視しております」」

ほ、何とかなったみたい。

流石《さすが》にそうそう国に危険が及ぶ事なんてないし、しばらくは自由にしててくれるわね。

「ん？　我《われ》への命令はこれだけなのか？　今完全に自由になったのだが」

「あ、うんそう。アクアノートなら何か方法を知らないかなって、呼び出しちゃったの」

「……そうか。それで、お前は体調はどうなのだ？　苦しかったり、めまいがしたりはせぬか？」

「え？　ん～？　何ともないよ？」

「そうなのか……我《われ》は悪い夢でも見ているのだろうか」

「「アクアノート、私達も同じ気持ちですが、ここは現実を受け入れましょう」」

「こんな事が現実だと……？　悪い夢の方が遥かにマシだ。我《われ》はもう帰る」

アクアノートの体が薄くなっていき、最後に光を放つと姿が消えた。

何なに？　瞬間移動とかできるの？

「「それでは参りましょうか、主様《あるじさま》の国を守りに」」

天使達が私達を囲もうとする。ん？　何で今守る必要があるの？

「ねぇねぇ、今は何ともないと思うし、天界に帰っていいのよ？」

「「しかし、現在主様《あるじさま》の国・ロザリア国は敵に襲われております」」

「ええ！　それ本当⁉」

ちょっとちょっと！　何で国が襲われてるのよ！　こ、これは急がなきゃ！

「じゃあ急いでダンジョンを出なきゃ！」

「「その必要はございません」」

天使達はそう言うと両手を繋いで、その中に私達がすっぽりと入った。

わ、天使って大きいんだ。コンティオールよりも大きいから、三メートルはあるのかな。

「「それでは参ります」」

景色が変わっていく。広間にいたはずが、ゆっくりと外の風景に変わっていく。

ここはどこだろう。あ、ちょうど正門の前ね、鎧を着た兵士達が剣を持って打ち合い、矢が飛び交い大きな石が空を飛んでいる。

「……ええ⁉　何コレ何コレ！」

「おお、聖女様ではありませんか！」

声がする方を見ると、隊長さんがボロボロになった鎧で、足を引きずりながら歩いてくる。

「隊長さん！　これは一体どういう事ですか⁉」

「申し訳ありません、イノブルク国が襲ってきたのです。聖女様を出せと言ってきましたが、お出かけ中だと言ったら襲い掛かってきました」

イノブルク国……やっと安心して暮らせる国を作れたのに、また私から国を奪うつもり？

とことん……本当にとことん私が嫌いなのね。

「みんな……国を守って」

（任せろ）

「嬢ちゃんは少し下がっていなさい」

「母さんを泣かせた……許さない」

「「命令を、実行します」」

多分戦いになっていなかったと思う。

聖獣コンティオール、水の精霊オードスルス、大地の大精霊エルボセック、天使ラングエルとクーズエル。一方的な虐殺だったかもしれない。

私は少し下がって、傷ついた兵士達の治療をしている。

幸い死者はいなかったけど、腕がない人、足がない人、お腹が大きく切り裂かれている人など、多くの怪我人が出てしまった。

だめだ……感情を抑えられない。冷静になるために、膝をついて祈りの言葉を捧げる。

みんなを守りたい、みんなを元気にしたい、みんなで笑っていたい。

私は知らず知らずのうちに聖なる力を発動し、傷ついた兵士達の怪我を治し、戦っている聖獣、精霊、天使達にさらなる力を与えていた。

私が……もっと国の防衛を考えていれば……甘い顔をしなければ……

私が悲しんでいる間に、戦闘は終わりに近づいていた。

コンティオールは戦場を駆けまわって敵兵を切り裂き、オードスルスは黒い渦《うず》に敵を巻き込む、お爺ちゃんは地面に大穴を開けて落とし、ラングエルは光る鞭《むち》で敵を打ち、クーズエルは剣を天に突き上げ、剣先から出る無数の光で突き刺していた。

勝負にならないのだから、来なくていいのに。

戦闘は終わり、キレイだった芝生は踏み荒らされ、大量の死体と血で埋め尽くされていた。

みんなが私の周りに戻ってくる。

みんながいれば国の守りは大丈夫……なんて考えは出てこなかった。

みんながいなかったら？　今みたいに私と一緒に出かけてたら意味がない。

それに天使には極力天界にいてほしい、私の勘違いで呼び出しただけだから。

みんなと仲良くなれば大丈夫。そんな事を考えていた私は、あまりに世間を知らなすぎた。

私がバカだからみんなが怪我をするなんて、そんなのダメ。

涙を呑みながら治療をして、痛そうに、苦しそうにしてるみんなを見て、私はどうしたらいいのか考えていた。でも答えなんて簡単に出てこない。

治療を終えて門の外に出ると、イノブルク国の兵士達を見る。この人達も私のせいで死んでしまった。

（あまり思い詰めるな。新しい国である以上、こういう可能性はあった。お前のせいではない）

「でも、私がもっとしっかりしていれば、攻められなかった」

「そんな事はない。イノブルクは以前も攻めてきたのじゃ、嬢ちゃんが良い国を作ったから悔しいんじゃよ」

「いい国でも、攻められちゃうの？」

「母さん泣かないで。僕が攻めてきた奴ら全員倒すから」

「違うの、オードスルス。私は戦争なんてなくしたいの」

甘いのはわかってる。でも理想を諦めたくない。世界中の戦争をなくそうなんて考えてない。この国、ロザリア国だけでも、戦争のない国にしたい。

そんな国を作るには、一体何が必要なんだろう。


何も思いつかないまま、私は城の自室で目を覚ました。

結局そのまま寝ちゃったみたい。

誰が運んでくれたんだろう、コンティオール？　お爺ちゃん？

（起きたか）

「ん、おはようコンティオール」

(朝食の準備ができている。食堂に行こう)

私が起きるのを待って、ベッドの横で伏せてたみたい。

ベッドから下りるとコンティオールも立ち上がり、一緒に食堂へ向かった。

「おお、嬢ちゃんおはよう」

【ママー、おはよー】

「おはよう、お爺ちゃん、オードスルス」

オードスルスは騎士から子供の姿に戻っていた。騎士姿もカッコよかったけど、いつも通りのこの姿が落ち着く。朝食を食べ終えてゆっくりしていると、一人の女性が入ってきた。

「おはようございます、聖女様。新しいお菓子ができたので、ぜひどうぞ」

お菓子作りを手伝ってもらっていた若奥さんだ。そういえば若奥さんの旦那さんは兵士のはず……

「あの、ごめんなさい。旦那さん、昨日の戦いで怪我をしませんでしたか?」

「怪我ですか?　したみたいですけど、聖女様に治してもらったって喜んでました」

それって喜ぶ事なのかしら。でも怪我はしたのよね。

若奥さんは会話をしながらお茶の準備を始めた。

「私が不甲斐ないばっかりに、旦那さんを危険な目に遭わせてごめんなさい！」

「良いんですよ、兵士と結婚した時から、いざという時の覚悟はできてますから」

「いざって……そんなの、来ない方がいい」

「そりゃそうですよ。でもウチの旦那、少し悲しんでました、聖女様を泣かせてしまったって」

「あ、ご、ごめんなさい、私ったら泣き虫で」

テーブルにお茶とお菓子が置かれた。

新作のケーキみたいだけど、チョコレートケーキかな？

「いいんですよ、聖女様はまだお若いんですから。だからみんなが協力してるんです、聖女様の役に立ちたいからって」

「役に立つって、私がみんなを助けなきゃいけないのに？」

「聖女様一人に全部を任せるなんて、国民はそんなに薄情じゃありませんよ？　今日だって兵士が集まって対策を考えています。それに行商人さんも装備や街の守りに必要な物を集めています」

お茶を一口飲んで、ケーキを頂いた。あ、これ甘くて美味しい。紅茶とよく合う。

「でも私が責任者なんだから、私が全部しないと……」

「聖女様、国王って普段何しているか知ってますか？」

「え？　えーっと、国のためにできる事を考えてる？」

「とんでもない！　今日の晩ご飯の事を考えてるんです」

「へ？」

「お妃様と喧嘩したから、どうやって仲直りしようかな～とか、そんな事を考えてるんですよ」

「え？　え？　だって国王は偉い人でいろんな事を決めて……？」

「大体の事は側近の大臣とかが決めていますね。そして失敗したらその大臣に責任を取らせるんです！」

「ええ⁉　国王ってひどい人！」

「でもね、国王にだって悩みはあるんです」

「ど、どんな？」

「みんなに幸せになってほしいけど、考えてもわからないんです！」

「そうよねそうよね、考えてもわかんないわよね？」

「だから、いろんな人に聞くんです。詳しい人がたくさんいるから、その人達に相談して、それでもわからなかったらもっとたくさんの人に相談して」

「そうね、国にはたくさんの人がいるから、いろんな人に聞いた方が良いわよね」

いつの間にか私は身を乗り出して聞いていた。

「そうしていろんな人に相談して、みんなで意見を言い合って、新しい事を始めるんです」

「そっか、大臣とかいっぱいいたけど、何してるのかと思ったらいろんな相談をしてたのね」

「そうですね。大人でもわからない事だらけ。だから大勢の人が必要になるんですね～」

「おお～」

そっか～うんうん、そうよね。大人でも悩むんだったら、私なんかが一人で考えててもわかるわけないじゃない。じゃあ誰に相談しようかな。

何だろう、心が軽くなった気がする。

「ねぇコンティオール、国を守る話って、誰に聞いたらいいの？」

（そうだな。手始めに隊長に聞いたらどうだ）

「わかった！　じゃあ会ってくる！」

（まて、お前が行くな、呼び出すんだ）

「え？　だって用事があるのは私なのよ？」

（まずはそこから始めろ。あと行商人も呼んでおけ）

「う、うん、わかった」

隊長さんと行商人さんが城に来てくれた。応接室に案内をして、国の守りについて話を聞こう。

……うんうん……へ～……？？　……ぐぅ～。

は！　寝てない寝てない！　何言ってるのかわからないからって寝てませんってば！

でもどうしよう、想像以上に意味がわかんない！　兵士ってお城にいたらいいんじゃないの？

（俺の言葉をそのまま伝えろ）

え？　あ、うん。コンティオールの言葉をそのまま口にした。

「兵の配置や詰め所の場所は……お任せします。人員については随時募集をかけてください……隊長さんを国防軍のリーダーとして任命するので……必要な事があればいつでも相談してください」

「ありがとうございます！　必ず鉄壁の守りにしてみせます！」

「そして行商人さん……武器や防具の仕入れは隊長さんと相談してください。国防軍に必要と思われるものは……一度リスト化して提出してください」

「かしこまりました。しかし聖女様、一つ提案がございます」

「何ですか？」

「この国には腕のいい鍛冶屋が数名おり、平均的な職人も数多くおります。その者達にロザリア国の武具を作らせてはどうでしょうか。専用の物を揃えれば兵士の士気も上がりますし、国内の産業として活性化も見込めます」

そっか～、そう言えば武器や防具って定期的に入れ替えるんだっけ？　それなら職人さんの安定した収入も見込めるし、ロザリア国の専用の武器と防具か……何かカッコイイかも！

「え？　ええっと、鍛冶屋のリーダー的な人がいれば、その人を城に呼んでください……いなければ腕のいい数名を呼びましょう……武具に詳しい人をご存じなら、紹介してください」

「受け入れていただきありがとうございます。鍛冶屋をまとめている者がおりますので、その者を呼びましょう。武具にも詳しいので、詳細はその者にお聞きください」

何コレ何コレ！　どんどん話が進んでいくわ！　詳しい人に話を聞けば、こんなにもスムーズに事が運ぶのね！　……それをまとめてるのはコンティオールだけど。

（こればっかりは慣れろ。なに、この国ができてからやってきた事と、大して変わりはない。それにわからない事があれば……)

知ってる人に聞けばいいのよね。

(そうだ。今まではそれが俺だっただけだ)

うん、大丈夫。みんなが私を助けてくれる。だから私もみんなのために頑張ろう！

(隊長、ロザリーはあくまでも防衛のための軍隊が必要だと考えている。余程の事がない限り攻めはしまい)

「ええ存じております聖獣殿……聖獣殿⁉　この頭に入ってくる声が聖獣殿の声ですか⁉」

(うむ。お前とも直接会話ができた方が良いからな)

「お、おお。これは光栄です」

なぜか隊長さんがコンティオールに頭を下げた。そんなに嬉しかったのかな。

(行商人に続いて二人目だが、これからも国のために頼むぞ)

「行商人さんと私だけですか！　これは光栄の至り」

どういう事？　二人目だったらガッカリするんじゃないの？　行商人さんと仲が良いのかな？

翌日には鍛冶屋のまとめ役の人が城に来た。ロザリア国専用の武具という事で、とっても嬉しそうに引き受けてくれた。全鍛冶屋と隊長さんとで話をして、デザインを決めるんだって。確かに、他にはない新しい物って嬉しいわよね。

数日が経過して、私が思ってた以上にこの国にはさまざまな分野で詳しい人がいた。他国の情報に精通してる人、農業に詳しい人、街作りに詳しい人などなど、多くの人に仕事を任せる事ができた。

でもみんなが口を揃えて言うのは、『イノブルク国に制裁をしないと他国に舐《な》められる』だった。

攻め込まれて撃退はできたけど、二回目という事もあり、何もしないわけにはいかない、と。

そうなのよね～、また攻めてきたら困るし、でも戦争は嫌だし……何か他の方法で制裁ができないかしら。

「制裁か～、ねぇコンティオールぅ、戦争以外で制裁って何があるの？」

夕食を食べた後、居室で食後のティータイムを楽しみながら、日中の事を思い出していた。

みんなはイノブルク国に制裁をしろって言うけど、何をしたらいいんだろう。

(そうだな、戦争以外でなら経済制裁が一般的だ。我が国との流通をストップさせたり、周辺の国と協力して、イノブルクと商売をしないようにするんだ)

「え？　でもそんな事したら、関係ない人が困らない？」

(困る)

「そんなのヤダぁ～、せめて貴族と王族だけにしてよ～」

(そんな特定の相手にだけ制裁なんてできるはずがないだろう)

「制裁も良いんじゃが、ワシはあの国がどうして再び攻めてきたのか、それが気になるのぅ」

お爺ちゃんがイノブルク国が攻めてきた理由を知りたがっている。

「どうしてかって、そりゃあ……どうして？」

(それを聞いているんだ)

そうよね、あの国は聖女不在だから、モンスターがひっきりなしに襲ってきてるはず。他の国を攻めてる余裕なんてないはずなのに……新しい聖女が任命されたのかな。モンスターが襲ってこなくなって、こっちにちょっかいを出せるようになったとか？

「ううん、だからって襲ってくる意味がわからないわ」

(聖女なんて簡単に任命できない。それに国を出た時、お前の後継者など影も形もなかっ

たはずだ）

「そうよね～、だったらどうしてあんな大軍が攻めてきたんだろう」

わからない事ばっかり増えていくわ！

でも今は理由を考えても仕方ないし、制裁の方法を考えましょう。

「制裁……制裁……う～ん制裁」

「嬢ちゃん、市民が困らない制裁を一つ思いついたぞ」

「何なに⁉　お爺ちゃん教えて！」

「それはな、イノブルク国の国民を、全員こっちの国に連れてくるのじゃ。そうしたらあの国は裸の王様もいいところじゃな」

「おお～そっか！　そもそも国民がいなくなれば制裁をしても問題ないわね！」

それはいい考えだわ！　国王も貴族も国民がいなくなれば何もできないもの！

兵士がいなくなり召使いもいなくなり……ん？

「全員を受け入れる事なんて、できないわよ！」

「はっはっは、それはそうじゃよ。だからいっぺんに移動させなくてもいい。半分を移動できれば、イノブルクは国としての真価を問われる事になる。そのまま滅びてしまうかもしれんがな」

「半分って言ったって、そんなに街が大きくないんだから、収容できないってば！」

「まぁできなくてもいいのじゃ。そんな動きがある、というだけでも大慌てじゃろうから」

あ、そっか。本当に移動しなくても、そんな噂が流れたら調べざるを得ないわね。

国民が本当にいなくなる前に手を打たなきゃダメだし。

「でもすごく大変じゃない？　今いる人だけでできるかしら」

「なーに、特別な事をする必要はないのじゃ。ロザリア国という国はとても暮らしやすいぞ、と話を広めればいいんじゃから。数名のサクラがいれば、さらに効果は上がるのぅ」

「お、お爺ちゃんが詐欺師に見えてきたわ」

「何一つ嘘はついとらんよ？　全部真実じゃ。それはこの国の住民を見ればわかるからのぅ」

まぁ、悪い国じゃないと思うし、最近は移民も増えている。

出ていく人も少しはいるけど、ほとんどが住み着いてくれている。

そっか、人が集まりやすいようにする努力を、他の国でやるって思えば別に構わないわよね？

「よし！　それやっちゃおう！」

翌日から早速作戦を考え始めた。今まで相談をした人達に集まってもらって、今回の作戦の話をしたんだけど、行商人さんが怯えてた。

「大精霊様は恐ろしいお方だ……」

ってさ。お爺ちゃんは優しいわよ？

「まったく、また仕事が増えるわい」

と大工の頭領さん。でも顔はとっても楽しそうだ。

でもそうよね、人が増えるなら、家がたくさん必要になる。

城壁の外にもいっぱい家を建ててもらったけど、これからはもっと増えるもんね。


十日ほどかけて準備をし、いよいよ作戦が実行された。

移住希望者はお爺ちゃん特製の地下通路を使えるようにして、移動にかかる時間は大幅に短縮されている。さーって、どれだけの人が来てくれるかしら。

「ね、ねぇコンティオール、移住希望者ってどれくらいいるのかしら」

（さぁな。イノブルク国では噂になっていたようだが、実際にどれだけの人数が移住するかなんて、始まってみないとわからん）

イノブルクから移ってきた人には、いくつか特典を付けようと決めた。

特典に釣られてでも良いから来てくれないかな～。

☆★☆★☆★

そうだ、ロザリア国へ移住しよう!

今荒野のオアシスと呼ばれるロザリア国が熱い!
移動は地下通路を使ってら〜くらく! 旅行感覚で行けるよ!
今なら何と! 三大特典が付いてくる!
特典一：家族で移住をしたら一戸建てに住める!
特典二：国内でのお仕事の斡旋《あっせん》はお任せ!
特典三：週に一個、聖なる実を使ったお菓子を一年間贈呈!
これはもう行くっきゃないわね!

☆★☆★☆★

なんていうチラシを作ったけど、効果があるのかしら。
大工さんが総出で家を建ててくれたから、住む場所は十分にある。仕事も山のようにある。

日差しは強いけど、芝生と木々による日陰でずいぶんと涼しくなった。

悪くない条件だと思うけどな〜。

お城の窓から顔を半分だけ出して、イノブルク国と繫がる地下通路の出口を見ている。

きっと今にもドバーって、ゾロゾロ〜って出口から人が！

……！　……！　……！　……


「来ない……」

(来ないな)

オードスルスなんて暇すぎて、私の膝で眠ってる。

あ〜あ、世の中そんなに上手くいかないものよね〜。もう夕日が眩しい時間だし、今日の移民人数はゼロね。

「そう言えばお爺ちゃんは何してるの？」

(あいつはイノブルク国に行っている。今頃向こうで慌てているだろう)

そっか〜、お爺ちゃんにはいろいろとお世話になりっぱなしね。

今度何かお礼をしないと。

何ならいっそ、今回だけ限定でお爺ちゃんが女性を誘っ……ダメダメ、マックス以外はダメ。

さーて、明日はきっと（一人くらいは）来てくれるはず！

ん～……眠い。昨日は遅くまで考え事をしてたから、今日はノンビリな朝だ。

お昼近くまで寝るのって気持ちいい。

それにしても賑やかね、ってそろそろ昼時だからみんな休憩中かしら。

ベッドから下りて、目を擦《こす》りながら部屋を出るとコンティオールがいた。

（起きたか。外を見てみろ）

「おはよ～。外？」

言われて窓から外を見たら、人がいっぱいいてお祭り騒ぎをしていた。

「今日って何かお祭りだったっけ？」

（爺さんが連れてきた）

「お爺ちゃんが？　どこから？」

（イノブルク国に決まっているだろう）

「イノブルク……？　え！　移民⁉　何で⁉」

（なんでも一日間違えたんだそうだ）

「一日って、じゃあ移民の日は今日だったの⁉」

「はっはっは、いや〜すまんすまん。すっかり一日勘違いしておったわい。ドッキリだと思って堪忍してくれ」

お爺ちゃんが頭をかきながら謝ってるけど、全然悪いと思ってないわね。

確かにビックリしたけど、まぁ今はいいわ。

「それよりも何人くらいいるの？」

「今のところ一万から二万人じゃな」

「そんなに⁉　一体どうやってそんなに集めたの？　やっぱりチラシのお陰？」

「いやいや、聖なる実のお菓子があるじゃろ？　あれでロザリア国は有名になっていての、みんな一度は行ってみたかったらしく、それなら引っ越せばどうじゃ？　と言ったら簡単に来たわい」

い、移住ってそんなに簡単だったかしら？

それに地下通路出口に設置してある精霊陣《せいれいじん》が反応してないから、悪人はいないみたいだし。

精霊陣《せいれいじん》は各地下通路の出口に設置されており、人には見えない魔法陣のようなもので、設置した精霊と指名された者にのみ各種権限が与えられているよ。

今回精霊陣《せいれいじん》に与えられた命令は、国を害する意思を持つ者の入国通知だ。

ほ、本当にロザリア国に来たくて来てくれたの？　ほんと？　えへへ。

窓から街を見下ろすと、地下通路からは続々と人が出てくる。

兵士や街の人に案内されて、集合住宅や一軒家に向かう。早速仕事を始めている人までいる。

たくましいな～、私だったらそんな事できないわよね。

（荒野に放り出されて、泣きべそかいていたからな）

「ちょっとコンティオール⁉　そんな昔の事は言わないでよ！」

（そんなに昔ではないが……）

流石《さすが》にいっぺんに一万人とかは無理だから、一日に二千人ほど移動してきた。

この分なら十日もかからないで移住は完了しそうね。仕事の斡旋《あっせん》も上手くいってるし、引っ越しも問題ないみたい。あ、あそこに露店街《がい》ができてる！　今度行ってみよ～っと。

追加での移民も増えてるみたい。でも何だろう、イノブルク国はそんなに住みにくい街だったっけ？　単純にここに来たかっただけ？

そんな事を考えながら教会で祈りを捧げていたら、イノブルク国からの地下通路出口の精霊陣《せいれいじん》が反応した。

「ねぇねぇ、何か精霊陣に反応が出てるんだけど？」

（うむ、何やらよからぬ考えを持つ者が入り込んだようだな）

「イノブルクからの地下通路よね？　じゃあお爺ちゃんに聞いてみましょ？」

今お爺ちゃんは移民担当として動いてる。

午前中は移民受付所にいるので、お爺ちゃんも気づいてるはずだ。

私は帽子で軽く変装し、コンティオールは子猫に変身して街に出る。

何この人ごみ！

えーっと、移民が多くてお爺ちゃんが見えないわ……あ、精霊陣《せいれいじん》に反応した人がいる。

精霊陣《せいれいじん》に反応した人には、陣の権限を与えられた人にのみ見える印が付いている。

イノブルク国から来た人の中に、紫色の球が頭の上で光っている男性がいた。

パッと見は人のよさそうなおじさんね。悪い人には見えないけど、誤作動かしら。

（人は見かけによらない。どこにでもいそうな奴が怪しい事もある）

「そうなの？　確かにお爺ちゃんは若くてカッコいいけど、中身はお爺ちゃんだもんね」

（ややこしい説明だが、そんなところだ）

人ごみの中を進んでいくと、受付で忙しそうに働くお爺ちゃんが見えた。

う～ん、コレは無理そうね。私達で尾行しようかしら？

あ、お爺ちゃんが私達に気づいたみたい。ん？　指を私達に向けて、その後で印が付いた人を指差した。ああ、私達でやれって事ね。

印の付いた人は律儀に受付の列に並び、入国手続きをしようとしている。

とりあえずマニュアルに従いましょうか。

「おはようございます。本日はロザリア国に来ていただき、ありがとうございます」

突然美少女が現れておじさんはビックリしてるけど、ふふふ、私をただの美少女だと思うなよ？

「え？　ああ、おはようございます。ロザリア国が良い所だと聞き、イノブルク国からやってまいりました」

タオルで額の汗を拭きながら、笑顔で答えてくれた。

へ〜、全然顔色が変わらないのね。本職はすごいわね！

「そうですか、イノブルク国から。イノブルク国から派遣されたスパイさんですか？」

汗を拭いているタオルの動きが一瞬だけ止まる。でも表情は変わらない。う〜んプロだわ！

(感心していないで進めろ)

「スパイ？　ははは、お嬢ちゃんは難しい言葉を知っているね。でもむやみに人に使っちゃだめだよ？　おじさんはいいけど、他の人だと怒られちゃうからね」

「あ、大丈夫です。おじさんがスパイだっていうのは間違いないので」

お、少し目が細くなった。さあ正体を現しなさい！

と思ったら、おじさんは深くため息をついた。

「はぁ、お嬢ちゃんはいけない子だね。あまりしつこいと兵隊さんに捕まってしまうよ？」

「それは心配いりません。私の命令で動いてくれるので」

「……何を言っているんだい？」

「だって、私がこの国の代表者だもん」

「何をバカな事を」

「ほら」

帽子を脱いでおじさんに微笑んだ。イノブルク国の人なら、私を知ってるはずよね？

「せ、聖女ロザリー様⁉」

同時にコンティオールも子猫から獅子《しし》の姿に戻った。

「せ、聖獣コンティオールまで⁉」

「そういうわけなんで、あなたがイノブルク国のスパイだって事はバレちゃってるんですよね」

「クソッ！」

おじさんが逃げ出した。あー！　まだ私の話が終わってないのに！

精霊陣《せいれいじん》とか精霊陣《せいれいじん》とか……精霊陣《せいれいじん》の話しかないわね！　でも追いかける必要はない。スパイが逃げた先の地面がぬかるんだ。オードスルスが地面の水分を調整して、人が歩けないほどの沼を作ったんだ。

人一人分の幅だけ沼という滅多に見られない風景だけど、効果はバッグンね！

【ママー、これでいいの〜？】

「バッチリよ！」

隊長さん達に来てもらって沼から救い出し、そのままお縄にする。

さあさあ！　尋問タイムだわ。どうやらこのおじさん、ロザリア国の情報を集めてイノブルク国に送るのが任務だったみたい。典型的なスパイね。

このまま捕まえておこうかと思ったけど、隊長さんがすごい事を言い出した。

「この男を洗脳して、嘘の情報を相手に渡しましょう」

石作りの部屋でスパイを尋問してたけど、嘘の情報って何？

（こちらから嘘の情報を渡して攻めてこられないようにするか、攻めさせて一網打尽するんだ）

ま！　戦争は嫌だから攻めてこられないようにしてもらわなきゃ！

（まぁわかっていたがな）

夜になるのを待って、お爺ちゃんが合流した。

「ほぅほぅ、こ奴がスパイか？」

「そうよ。ねぇお爺ちゃん、この人を洗脳ってできる？」

「洗脳？　一体どういう話になっとるのかのぅ」

順番に説明したけど、お爺ちゃんは難しそうな顔をした。

「洗脳できない事はないが……まあいいじゃろう」

「わーい。レッツ洗脳！」

スパイのおじさんを洗脳するべく、私達は兵士の詰め所にやってきた。

石と土で作られた詰め所だけど、内装はすっかり土っぽさがなくなってキレイになってた。

隊長さんがスパイを木製のイスに座らせて、ロープでグルグル巻きにした。

「それではエルボセック様、洗脳をお願いします」

お爺ちゃんがスパイの頭に手を乗せた。

「うむ、終わったぞ」

……ん？

「あれ？　ねぇお爺ちゃん？　洗脳ってこう、目の前で指をグルグル回したり、振り子を使ったりするんじゃないの？」

「ワシはそんな事はせんぞ？　人はそうやって洗脳するのか、コンティオール？」

（俺に聞かれても困る）

「いえいえ、きっと私達は足りない分を補うために道具を使うのでしょう。エルボセック様ならその必要はないのかなと」

隊長さんの言う通りかも。私達は大した力がないから道具を使っているのか。

お爺ちゃんはそんなの必要ないのね。

「それでこれからどうするのじゃ？　今はこ奴の意識は薄れておるが、もうしばらくしたら覚醒するぞ？」

「あ、私達の記憶ってどうなってるの？」

「嬢ちゃんや隊長達に会った記憶はあるが、特に何もなくすれ違った、という風に変えておいた」

「じゃあそこらへんにリリースしとけばいい？」

「そうですね、疲れて休んでいた風にしましょう」

詰め所から運び出して、移民受付の近くのベンチに寝かせておく。

印は変わらず見えるようにしておいた。隊長さんにもわかるようにしないとね。

後はしばらく放置して、イノブルク国がどういう反応をするか待つだけよ！


翌日からドキドキワクワクで待っていたけど、そう言えばスパイは情報を集めなきゃいけないし、そんなすぐに動きが出るわけじゃないわよね。

でも別の動きはあった。友好関係を結んだ国から使者が訪れたのだ。

やっぱり噂になるわよね〜、イノブルク国から二度も攻め込まれたんだし。

マックスは一番最初に来てくれたわ。えへへ、でも何だろう、最近はお爺ちゃんとのカプを考えるのが嫌なのよね。会うと心臓もバクバクいってるし。

「ロザリー達なら大丈夫とは思っていましたが、流石《さすが》に数が数なので心配していました」

「ありがとうマックス。私は何もしてないけど、みんなが助けてくれたから」

一番最初に友好国となったハーフルト国からはマックスが、そしてカットスター帝国からはジェイソン王太子、サノワ皇国、ポー共和国、クーフーリン連邦と、王太子や外交官が来てくれた。

各国からロザリア国は危ないのではないか、と聞かれたけど、どうしよう、言っちゃっていいのかな。

(抑止力にはなるだろうし、今いる国は敵対はしないだろう)

「実は天使が味方になってくれたの。何だかいろいろあって、水龍と地龍とも知り合っちゃって」

みんなの目が点になってる。あれ？　もっと驚くと思ったんだけど、大した事なかったのかな。

「あ！　ひょっとして街でたくさん売っていたモンスターの素材、それと関係がありますか⁉」

「あ〜うん、関係はあるかな」

マックスはモンスターの素材に目を付けたみたい。ダンジョン産だから関係はあるわね。

(ダンジョンの事は言うなよ)

え？　うん、わかった。

「そう言えばミノタウロスのツノを売っていましたな。サイクロプスの骨も」

「ゲハ、俺もミノタウロスと戦いたいぞ」

「我が国は魔狼の牙が欲しいですな。お守りとして重宝するのです」

何かみんな欲しがってるけど、そんなにモンスターって使い道があるんだ〜。

「帰りに購入していってもいいですか？」

「それは構いません。皆さんにでしたら融通できると思うので、担当の者に伝えておきます」

行商人さんに言えば、ある程度は安くしてくれるかな？　なくなったらまたダンジョンに入ればいいし。そう言えばあのダンジョン、兵士の訓練に使えるからって隊長さん達が入ってたっけ。


そして数日が過ぎ、他にも数名のスパイが見つかったけど、前と同じように洗脳して帰した。

そろそろ最初のスパイさんからの動きがないかしら。

なんて考えていたら、イノブルク国から五名の使者が到着した。

この使者さんは精霊陣《せいれいじん》に反応がなかったから、国に何かをしようとは考えてないみたい。

まずは城の会議室に案内して、行商人さんや隊長さん、お菓子の若奥さんにも来てもらった。

若奥さんにはいろいろと相談に乗ってもらってる。

私がウジウジしてたら叱ってくれるし、困っていたら話を聞いてくれる。

そんなもんだから……何回かお母さんって呼んじゃった。

それはさておき、鎧と一緒にロザリア国の王城に勤める人の制服ってのを作ったから、早速みんなで着てみた。

私は鮮やかな青地に白色の刺繍《ししゅう》がたくさん入ったスカートの長いドレス。

若奥さんはボタンが縦二列に並んだ長めの青いジャケットと、黒い膝上のプリーツスカート。チョット軍服っぽい。

行商人さんと隊長さんもボタンが縦二列に並んだ長めの青ジャケットと、黒いズボン。色が揃っててカッコイイ！

さてさて、私を追放した国が、今度は何を言ってくるのかしら。

「お待たせしました」

扉を開けて部屋に入ると、髪の薄いお爺ちゃんと七三分けのおじさん、角刈りの厳ついおじさん、まだ若い二人がイスから立ち上がった。

「本日はお時間を頂きありがとうございます。私はライモンド、イノブルク国の外交官です」

あ、このお爺ちゃんは見た事がある。そう言えば他の人も見覚えがあるわね。

多分みんな偉い人。

「お久しぶりですライモンド卿、ロザリア国のロザリーです」

私が少し豪華なイスに座り、行商人さん、隊長さん、若奥さんが座ると、イノブルク国の人達も座った。

「この国は素晴らしいですね。人の行き来が活発で商業も盛ん、さらには名産品もございます」

「ありがとうございます。それで、本日はどういった御用件でしょうか」

一度咳払いをして、深呼吸をしてから口を開いた。

「我がイノブルク国からの移民政策をやめていただきたいのです」

イノブルク国の外交官ライモンドさんが、移民政策をやめてくれと言ってきた。

でもおかしいわね、ロザリア国は移民政策なんてやってませ〜ん。

「我々はあなた方の政策によって被害を受けています。これ以上国民の流出を避けるため、ロザリア国へお伺いしました」

なるほどなるほど？　つまり効き目があったわけね。じゃあやめる必要はないわね。

「わかりました。お困りのようですのでご協力いたしましょう」

（ろ、ロザリー？）

コンティオール達が驚いてるけど、ちょっと待ってて。

「そ、そうですか、話が早くて助かります。それではこれ以上の流出を防ぐため、イノブルク国での活動をやめていただけますね？」

「え？　どうしてですか？」

「どうしてですと？　今協力するとおっしゃったではありませんか！」

「移民の勧誘はイノブルク国への制裁措置ですので、やめるつもりはありません」

「そ、それでは協力してくれるというのは嘘なのですか⁉」

「協力はします。あなた方が今までの侵略行為を認め、正式に謝罪し賠償するのであれば」

外交官達が言葉に詰まった。逆にこちら側は悠々と構えている。

ふっふっふ、できる女は違うでしょう！　決して事前にどうするかを相談していて、私風にアレンジしただけじゃないからね！

「わ、我が国は侵略などしておりません。ここはイノブルク国の領地です、そこに無断で街を作り城まで建てたのはそちらではありませんか。侵略されたのは我が国の方です」

あーあーなるほどね、そうくるのね。えっとこういう場合は……どうするんだったっけ？

（さっきこいつらは移民政策と言っただろう？　つまりロザリアを国と認めているんだ）

あ、そうだったそうだった。

「それはおかしいですね。先ほどあなたは移民政策をやめてくれと言いました。政策とは国が行うもの、あなた方にとって我が国は国でもないのに政策をやめろとおっしゃったのですか？」

「それは言葉のあやです。イノブルク国はここを国とは認めておりません」

「国と国の話し合いでないのなら、このような場は必要ありませんね、それではお帰りください」

あれ？　よく見ると外交官さん達は冷や汗をかいてる。あ～そういう事か、無理だとわかってても来ざるを得なかったのね。そこは同情するけど、同情で移民をやめるわけにはいかないわよ？

「そちらが国を自称しているから形式を合わせたのです。こちらは譲歩しているのですから、そちらも譲歩してはいかがですか？」

「残念ですが、こちらはすでにいくつもの国と国交を結んでいます。いまさらイノブルク国に認めてもらわずとも困りません」

……あれ？　完全に黙っちゃった。

もう少し反論してくる予定だったんだけど、ここで止まっちゃったら本当に終わっちゃうわよ？

ど、どうしよう、折衷案《せっちゅうあん》すら出なくなったら逆に困るんですけど！

困っていたら隊長さんが口を開いた。

「このままですと全面戦争になってしまいますよ？　前の戦いで戦力の違いは明白です。素直に謝られてはいかがか」

ぜ、全面戦争は困るんだけど、このままじゃ話が進まないから少しツツいたみたい。

外交官達が額を合わせて小声で話し始めた。

「少々休憩を頂いてよろしいでしょうか」

外交官達を別室に案内し、私達は居室で休む事にした。

「これは困りましたな。予想以上に切羽詰まっているようですぞ？」

行商人さんの言葉に若奥さんがうなずく。

「新しい聖女様が誕生したという話も聞きませんし、イノブルク国内はかなり混乱しているのでしょうね」

「聖女様がいなければ街に防護膜《ぼうごまく》を張れません。モンスターが襲ってくるので戦争どころではないはずですが」

隊長さんも困り果てている。

確かに予想より移民が多かったけど、向こうの国はどうなっているのかしら。

「ねぇお爺ちゃん、イノブルク国はどんな様子だったの？」

ソファーに座ってオードスルスの頭を撫《な》でていたお爺ちゃんは、その手を止めて自分のアゴを撫《な》で始める。

「前に話した通りじゃよ。街は静かだったし家や城壁は傷んでおった。ロザリアの事を話したら多くの人だかりができたのぅ」

ふと窓から外を見た。街は賑やかでたくさんの人が出回ってる。城壁は直してキレイだし、建物も大丈夫。あれ？　イノブルク国はかなりヤバイ状況じゃないの？

ロザリア国の昔の状態を見ていたから、今の活気は一時的なものだと思ってた。でも違うんだ。これが国の本来の姿なのかもしれない。

「これは、もう一度作戦を練り直さねばなりませんな」

行商人さんは苦い顔で言った。

「しかし今のイノブルク国の状態なら、こちらの要求を全面的に受け入れるべきなのではありませんか？」

隊長さんに続けて若奥さんも同意する。

「私もそう思う。強気でいけば通りそうですが」

「じゃが強気に出すぎると、破れかぶれになって攻めてくるかもしれんからのぅ」

隊長さんも同じ意見みたい。

「そ、それはダメよ！　これ以上の犠牲者を出すのはダメ！」

みんなが頭を抱え始めちゃった。

相手の状況が悪すぎると、こっちの思惑とは全然違う方向に進んじゃうのね……

具体的な案が出ないまま休憩時間が終わった。

どうしよう……相手の状況が悪いからと言って許せはしないし、かといって謝ったりしないだろうし。お願いだから折れて〜〜！

「お待たせしました」

会議室に戻るとイノブルク国の外交官達はもう揃っていた。

私達もイスに座り、会議を再開……しようとしたんだけどね？

「聖女ロザリー様！　お願いです、我が国を助けてください！」

突然外交官の五人が頭を下げてきた。

いきなりすぎてどうしようか悩んだけど、とりあえずは落ち着いて説明してもらう。

「申し訳ありません。もう、どうしたらいいのか見当もつかなくて……」

何とかイスに座らせる。

「現在我が国はモンスター襲撃の対応に手いっぱいで、他の事に回す余力がありません。治安は悪くなり怪我人はあふれかえり、さらには移民で人がいなくなり、経済が回らずに食糧難になっており……」

予想はしてたけどひどい状況なのね。あれ？　じゃあ何でそんなひどいのに攻めてきたのかしら。

「そんな状況では他国に攻め込むどころではないはず。なぜ攻めてきたのですか？」

「その……ロザリア国のお菓子や、万病に効くという果物を手に入れれば状況が変わると……さらには豊かになっている国を奪えば本国も蘇《よみがえ》るのではないか、とおっしゃられまして」

「誰よ、そんな事を言ったのは！」

「……フレデリック王太子です」

あんのバカ王太子！　バカならバカなりに他の人に相談くらいしなさいよ！

「おや？　それでは出兵や今回の訪問は、国王の意思ではないのですかな？」

行商人さんの言う通り。陛下はまともな人だったはず。あの方が強硬策を取るとは思えない。

「現在国王陛下は心労がたたり、床に臥《ふ》せっておりまして……」

Ｏｈ……

そりゃ若くないもんね、こんな苦難続きじゃ体も壊すわ。

そっか、だから代理として次の王たる王太子が出てくるのね。

「しかし、そんな無茶を諫《いさ》めるのが、あなた方貴族の役目なのではないのですか？」

「面目もございません……」

うわぁ。つい最近まで一般市民だった若奥さんに反論できないの？

あれ？　確かに国王には権力が集中してるけど、国王代理とはいえまだ王太子なのにそこまで横暴な事ができるのかな？

「聖女様、これは一度かの国を訪問した方が良いのではないでしょうか」

「そう……よねぇ。国は滅んでも構わないけど国民が可哀そうだもんね」

若奥さんの言う通り、このままじゃ埒《らち》があかないから、早いうちに見に行った方が良いかもしれないわね。

（行くのは良いが、その前に確約を取っておけ。訪問中は一切こちらに手を出さないと）

おっと、そうだったわね。何せ私ってば追放されたんだもんね。

みんなで行けば拉致《らち》られたりはしないだろうけど、争いの種になるのは嫌だもんね。

一近いうちに伺うとしましょう。その代わり約束してください、訪問中は私達にもロザリア国にも一切手を出さないって」

「もちろんです！　それは私達の命に代えても約束いたします！」

い、命なんて大げさね。こっちはこっちで防衛くらいするわよ。


近いうちといっても翌日には訪問する事にした。国が滅んでしまったら国民が困るし、ロザリア国にはイノブルク国の全国民を受け入れるキャパはない。

防衛は天使の二人にお願いして、行商人さん、若奥さん、隊長さん、そして私達いつものメンバーが地下通路を通ってイノブルク国へ入国した。

地下通路を出てまず思ったのは、何この廃墟、だった。

だって！　城壁がほぼ崩れてるし城壁近くの建物はボロボロ、地面も荒れ放題なのよ⁉　しかも亡骸が放置されてる！　ちょっと……勘弁してよね。人もモンスターも、城壁の外でたくさん倒れている。

「何よ、これ……」

「ど、どうした事ですかな⁉」

「う……」

「こんな状況で出兵したのかよ」

隊長さんが驚き、若奥さんが口を押さえてる。そりゃそうよね、こんな恐ろしい光景を見るなんて、誰も想像していなかったもの。急いで街に入って城を目指す。

中心部に行くと街は破壊されていないものの、確かにお爺ちゃんの話通りに暗くて活気がなかった。

「聖女様！ ようこそおいでくださいました！」

外交官のライモンドさんが出迎えてくれた。あれ？ 昨日の今日なのにやつれてない？

「おはようございます。早速ですが、フレデリック王太子に面会できますか？」

「はい！ 何とか時間を作ってもらいましたので、ぜひお話をしてください！」

やつれてはいるけど、目は死んでない。きっと王太子を説得するのに苦労したんだろうな～。

「今頃何をしに来た！ 私が戻ってこいと言ったらさっさと戻ってこい！」

謁見の間に入ると同時に罵声《ばせい》を浴びせられた。この人ってばこの状況でもこうなのね。

普段なら私も逆上して言い返すけど、フレデリック王太子の姿を見たらそんな気はなくなった。

「誰？」

そう、玉座にいるからフレデリック王太子だろうけど、私の知っている王太子とはまるで違う。

頬はこけ、髪はボサボサ、杖を使わないと歩けないほどに弱っている。

「貴様は婚約者の顔も忘れたのか！　この薄情も……ゲホッゲホッ！」

顔色も悪いわね。病気を患《わずら》ってるみたいだ。

「婚約者の顔とおっしゃいますが、すでに婚約破棄されていますし、国外追放もされています。私とフレデリック王太子の関係はただの顔見知りですよ？」

しかもフレデリック王太子に会わなくなって結構経ってるし、そろそろ顔なんて忘れちゃったわよ。嘘だけど。それにしても、昔の面影はあるけど本当にやつれてる。

「お前には目をかけてやったのにその恩を忘れたのか⁉　この恩知らずめ！」

出た〜、イジメてたのを勝手に美化して遊んでやったと思い込んでるやつだ〜。

聖女候補時代にもいたのよね〜、やたらと私をイジメてくる子。私が聖女になったとたんに親友とか言い出してビックリしたのを覚えてる。あ、でも一つだけ恩はあったかな。

「昔からフレデリック王太子は私に無関心でした。途中からは私との食事さえ拒否していましたから。でもそのお陰で聖女の職務に専念できた事は感謝しています」

「無関心だと？　ゴホッ！　私の深い心を理解できないとは、愚かな女め」

ああダメね。まともな会話にならないわ。話が進まないから勝手にやらせてもらおう。

「その話はやめて国の事を話しましょう。この国は一体どうなってしまったのですか？」

フレデリック王太子はセキが苦しくなったのか、言い合いを止めて玉座に背中を預けた。

「お前が出ていってからというもの、モンスターの襲撃が頻繁に起こり、ゴホ、軍は疲《ひ》弊《へい》してついには対応できなくなってしまった。何とか城門を閉め切ってやり過ごしていたが、大型モンスターが城壁を破壊し、街になだれ込んできた。他国に救援を要請したが反応はなく、街はゆっくりとモンスターに侵食されていったのだ」

それで城門付近の惨状が放置されていたのね。

弔《とむら》う事すらできないなんて、死者が気の毒だわ。

「モンスターの襲撃があるのは防護膜《ぼうごまく》がないからでしょう？　新たに聖女を指名して膜を張れば入ってこれないはずです」

「聖女など……指名したところで能力が足りなければ意味がない。三人指名したが役に立たなかったから更迭《こうてつ》した」

聖女候補はそれなりに能力のある者が選ばれるはず。それが能力が足りないですって？

何か間違ってるんじゃないかしら。

「それなら他国の聖女に一時的にでも助力をお願いしたらどうですか？　若い聖女なら余力を残して自国を守っているはずです」

「バカ者が！　そんな事をしたら国が乗っ取られてしまう！　他国の聖女を頼るのは国の終わりを意味するのだ！」

「ですがこのまま何もしなければこの国は終わってしまいます。そうならないために……」

「だからお前がやれと言っているんだ！　お前はこの国の聖女だ、早く防護膜《ぼうごまく》を張り、モンスターの侵入を防げ！」

私は追放されたって言ってるのに全く聞いてないみたい。追放した本人なのに。

それに今の私はロザリア国の聖女。それを理解しているのかしら。

「私が防護膜《ぼうごまく》を張っても構いませんが、イノブルク国はロザリア国に従属しますか？」

「なぜそうなる！　あそこはイノブルクの領地だ！　だからお前はゴホッ！　ゴホゴホッ！」

ダメね。話にならない。外交官の顔を見ると今にも泣きそうな表情だ。

行商人さんや若奥さん、隊長さんを見ると顔を横に振っている。

コンティオールやお爺ちゃんも同じく。本当はやりたくなかったけど、このままじゃイノブルク国が滅びて無法地帯が生まれてしまう。さらにはこの場所をめぐって戦争が起きるかもしれない。

そう……そうならないための措置。私は踵《きびす》を返して謁見の間から出ていく。

「おいどこへ行く！　まだ話は終わってゴホゴホ！」

どうせ動けないでしょうから、勝手にやらせてもらうわ。外交官に目配せをして、私達は全員で移動する。長くて広い廊下を進み、ある部屋の前に来た。

ここに来るまでに誰ともすれ違わなかった……もう無理なのかもしれないけど、少しだけ足掻《あが》いてみよう。

扉をノックして反応を待つ。

「誰ですか？　陛下は今寝ています。用事なら後にしなさい」

この声は王妃様だ。

「ロザリア国のロザリーです。少しお話をしたいのですが」

「ロザリー⁉」

扉が開くとそこには、やっぱりやつれた王妃様がいた。

ああ、凛《りん》としていたあの面影はどこへいってしまったんだろう。

「ロザリー！　ロザリー！　会いたかったわ！」

弱々しく抱きしめられた。

「助けに来てくれたの？　やっぱりあなたじゃないとダメなの！」

「その件についてお話があります」

陛下の寝室に入り、私達はイスに座って話を始めた。

「国の状況は聞きました。その上での提案ですが、フレデリック王太子には休んでもらって、第二王子に国王の代理をしてもらってください」

確か王子は第八までいた。ほとんど記憶にないけど、一人くらいはまともな人がいるだろう。

「それは……できないのよ」

「なぜですか！　このままでは国が滅んでしまいます！　フレデリック王太子は自分の責任を他人になすりつけているだけで、国を守ろうという意思が全くありません！」

「それはわかっているわ。でもね……全員死んでしまったのよ」

「……え？」

「モンスターの大攻勢があった時に前線で指揮を執《と》っていて、帰ってこなかったの……」

王妃様が目頭を押さえる。第二から第八までの七人が全員死亡……？　じゃあ王位継承権を持つのはフレデリック王太子ただ一人って事？

その王太子は一人よがりの上に衰弱しきってる。交代は……できないのね。

「国王様の容態《ようだい》はどうですか？」

「陛下は……見てあげて。あなたに最後のお願いをしたいの」

王妃様がベッドに目をやる。そこには横になっている国王様がいる。

立ち上がってベッドの側にいくと……え？

「陛下……陛下!?　い、息をしてない！」

国王陛下は……崩御《ほうぎょ》なされた。

「そんな……一体いつ……」

「昨晩です……陛下の意識は回復する事なく、気がつけば息をしていなかったわ」

じゃあ外交官達は悲しみに暮れながらも王太子を説得し、私との面会を取り付けたのね。

そうだったのね……もう一日早く行動していれば間に合ったのに。

陛下はあまり活発に行動する方《かた》ではなかったけど、愚かな方《かた》じゃなかった。

でもどうしよう、陛下を聖なる実で治療して政務に復帰してもらうつもりだったのに、これじゃ国を治める人がいなくなっちゃった。

何とか王太子を説得して……無理よ、あんな状態でまともな判断ができるはずがない。

「ロザリー、陛下に祈りを捧げてくれる？　迷わず神のもとへ行けるように」

「はい、祈りを」

いけないいけない、まずは陛下をお送りしないと。手を組んで祈りを捧げる。

陛下が神のもとへ行けますように。

さあ、問題はこの国をどうするか、よね。改めてイスに座ってみんなで話し合いを始めた。

「どうしよう……陛下に元気になってもらって、指揮を執《と》ってもらうつもりだったのに」

「流石《さすが》にコレは想像しておらなんだわい。あの王太子はこちらの説得に耳を傾けるかのぅ？」

「無理よ……さっきだって話が全然進まなかったもん」

「しかし、何としても話を聞いてもらわねばなりません。王妃様にもご協力いただき、説得するしかありませんぞ？」

「でも聖女様を目の敵《かたき》にしていたわ。一体どうやって説得したらいいのでしょうか」

「こうなったら力ずくで言う事を聞かせるか？」

話がまとまらない、まとまるはずがない。

お爺ちゃんも行商人さんも、若奥さんも隊長さんも困っている。

無策でロザリア国に攻め込む人よ？　自分の失態を隠すために戦争を仕掛ける人よ？

もう……どうしたらいいのよ。

（もしも、だが、フレデリック王太子に何かあった場合、国はどうなる？）

「え？　何かって、何？」

（病気で動けなくなったり、死んだりした場合だ）

「ちょっとコンティオール、不吉な事言わないでよ。この状態で王太子が死んだら国が亡《ほろ》んじゃうじゃない！」

（王家には王妃が残っているが、無理なのか？）

……王妃様？　私達は揃って王妃様を見た。

王族……よねぇ？　そう言えば女王ってパターンもあるけど、この場合は成立するのかしら。

「な、何かしら？」

王妃様が驚いてる。おっと、王妃様にはコンティオールの言葉が聞こえないんだった。

「王妃様、フレデリック王太子に何かあった場合、王妃様が玉座につく事は可能ですか？」

「え？　ええ問題ないわ。私は遠いながらも王家の血を引いているの。継承順位は低いけど」

⁉　それって全く全然これっぽっちも問題もないって事よね‼

「王妃様、ものは相談なんですが……」

謁見の間に戻ってくると、フレデリック王太子は玉座で眠っていた。

そんなに疲れているんだったら、もう当分の間休んでてくださいな！

「寝ているならちょうどいいわね、お爺ちゃんお願い」

「うむ、ほいっと」

何をしたのかわからないけど、これで数日間は目が覚めない……はず。

ワザとらしくフレデリック王太子に声をかける。

「王太子！　フレデリック王太子！　どうなさったんですか⁉」

「王太子！」

「おーたいし！」

「オウタイシ！」

猿芝居もいいとこね！　流石《さすが》にこの騒ぎには人が集まってきた。これで誰も来なかったら勝手にやるつもりだったけど、まあいいか。

「フレデリックの意識が戻りません！　早く自室に運ぶのです！」

「は！」

王妃様の指示で、兵士達がフレデリック王太子を運んでいった。

そして数名の大臣らしき人達も集まったから、ここで宣言をしてもらおう。

「フレデリックが病に臥《ふ》せってしまいました。なので一時的に私が取り仕切ります」

小さいながらも歓声が上がった。どうやらみんな、フレデリック王太子にはうんざりしていたみたいね。さ〜て、ここからはさくさく事を進めるわよ！


王妃様が実権を握り、進まなかった話がドンドン進んでいく。

最初にした事はロザリア国との一時的な友好関係構築。それからササッと防護膜《ぼうごまく》を国に張り巡らせ、今侵入している以上のモンスターが入ってこられないようにした。

「国全体に張り終えました。これで新たなモンスターは入ってきません」

「ありがとうロザリー、次は私の番ね。騎士団長！　これよりモンスター掃討作戦に入ります。各部隊に通達して一匹残らず討伐なさい！」

「りょ、了解しました！」

騎士団長が慌てて謁見の間から出ていった。今まではキリがなかったけど、これからは増える事はない。簡単ではないけどかなり気が楽だと思う。

「次はお爺ちゃんの番だよ」

「うむ、任せるのじゃ！」

お爺ちゃんの背中に手を当てて聖なる力を流し込む。

力を得たお爺ちゃんは唸《うな》り声を上げると気合いが入ったみたいで、両腕で力こぶを作るポーズをとった。

地響きが起きて、遠くで何かがぶつかる音がする。城壁が順調に建て直されているみたいだ。

「よし、街の城壁は完全に直ったのじゃ！」

「さっすがお爺ちゃん！　じゃあ次はオードスルスよ！」

【お～！】

残念ながら私達以外には聞こえないけどね！

両手を上げて外に飛んでいくと、井戸の中に入っていく。街のあちこちが壊され、水がまともに行き渡らなかったため、枯れた井戸が多かった。しばらくすると公園の噴水から水が出てくる。

最初は茶色かったけどすぐに透明な水が流れ出した。どうやら上手くいったみたいね。

【ただいま〜。全部にみずがいったよ〜】

「お帰り！　流石《さすが》オードスルスね！」

これで街が立ち直る基盤ができた。

食料は城の備蓄を放出してもらうから大丈夫だし、壊れた家は自分達で何とかしてもらおう。

ていうか、これ以上やると本格的にロザリア国になっちゃうしね。

後はモンスター討伐をして、新しい聖女が誕生したら完了よ！

その聖女が一番の問題なんだけどさ。

「王妃様、フレデリック王太子は聖女を任命しても役に立たなかったから更迭《こうてつ》したって言ってましたけど、そんなに役に立たなかったんですか？」

「いいえ、それなりにはやってくれたわ。しかし見習いから急遽《きゅうきょ》聖女になったから、要領が悪くて、フレデリックは満足しなかったようね」

あ〜そういう事ね。じゃあ更迭《こうてつ》された聖女を呼び戻せばいいんじゃない？

早速聖女様達を呼んでもらう。来たのは私よりもずいぶんと若い聖女達だった。

こんな小さな子を聖女に……？　あの王太子は何を考えてるんだろう。

私も小さいけど、この子達は私の肩くらいの背しかない。それに……怯えている。

「こんにちは。私はロザリー、アナタ達は？」

「……エリカ、です」

「マーガレットです」

「サンドラ」

「よろしくね、エリカ、マーガレット、サンドラ。早速で悪いんだけど、今張ってある防護膜《ぼうごまく》の補強をお願いできるかな」

三人は戸惑っていて、私をチラチラと見るばかりで膜を張る気配はない。

ど、どうしたのかな、私、変なところある？

「お前の防護膜《ぼうごまく》では意味がないって……」

「膜を張ったら怒られた」

「膜、嫌い」

ありゃ、王太子にキツイ事を言われて萎縮しちゃったのね。

「一人じゃダメなら三人でやったらどうかな。きっと強い幕ができると思うよ？」

三人が顔を見合わせて、ゆっくりと両膝をついて祈り始める。

私も祈りに同調して膜の補強の手助けをする。個々では弱いけど、三人揃えば十分な膜を張れそうだ。これで私が出しゃばる必要はないわね！

後はロザリアから聖なるお菓子を持ってきて配り、国民の体力が回復してくれたら一段落ね！

城から指示できるのはここまでかな？

後は実際に街に出て、不足している物を追加しよう。

街に下りるとみんなが喜んでいた。

城壁が修復され、防護膜《ぼうごまく》が張られたのが確認できたからみたい。

モンスターに襲われる心配がなくなっただけで、こんなに活気が出るんだね。

井戸を見つけたらオードスルスが覗き込み、水が通っているかを確認する。

お爺ちゃんは地面の穴を補修していく。お爺ちゃんの力って本当に便利よね～。

食料の配給が始まったみたい。あちこちで炊き出しが開始され、人が並んでいく。

後は……モンスターがまだ暴れてるみたいだから、コンティオールが街の周回を始めた。

これくらいかしらね～、私達ができる事は。後は王妃様と今後の話でもしてよっかな。

オードスルスとコンティオールには残ってもらって、お爺ちゃんと行商人さん隊長さん、若奥さんとで城に戻った。

お城に戻ると城内は慌ただしく人が動き回ってた。なんだ、結構人が残ってたんじゃない。

謁見の間に行くと王妃様が貴族達と話をしていた。出直した方が良いかしら？

「ロザリーお帰りなさい。街はどうだったかしら？」

王妃様が私に気づいた。ん？　貴族達も揃って私の方を見てる……な、何？

「街は活気を取り戻しましたので、今後の話をしに来ました。でも後にした方が良いですか？」

「いいえ、あなたとの話が優先だわ」

貴族は結構残っていたみたいだけど、以前私を追い出すのに賛成した人もいれば反対した人もいる。

私の意見を聞いてくれるかしら。そんな私の不安をよそに、こちらの言い分はほぼ通った。

友好関係はしばらく継続、ロザリア国から物資と人員を提供する。それからロザリア国が行っていた制裁措置の移民勧誘を一時停止する事になった。

甘すぎるかもしれないけど、行商人さんが恩を売っておこうと言うから、そのまま通した。

私はもう来る必要がないと思ったけど、時々様子を見に来てほしい、と言われた。

三人の聖女がいるから防護膜《ぼうごまく》は大丈夫なはず。でも、どうやら防護膜《ぼうごまく》だけが問題なのではないらしい。

何か……周辺諸国に対する影響力がどうのこうの言われた。まあ構わないけど。

そして最後に、王妃様を含めた全員が頭を下げてきた。私を追放した事、王太子の口車に乗った事、王太子を止められなかった事、そしてそんな私に甘えている事。

何かこそばゆいし、そういうのは結構です！　って言ったんだけど、けじめを付けさせてくれって……大人ってめんどくさい。

その後は王妃様と夕食を頂いて、ロザリア国へ戻ってきた。夜遅く国に戻って一休みし、翌日からイノブルク国への支援対策を始めた。まぁ……詳細はみんなに任せちゃったけどね。

「何か疲れた～」

ソファーに座って背もたれに頭を乗せる。

【ママつかれた？　よしよししてあげるね】

オードスルスが頭を撫《な》でてくれた。はふぅ〜ん、なんていい子！

「今回はいろいろな事があったからのぅ、嬢ちゃんはよう頑張ったな」

「ホントよ、まさかこんな事になるなんて思ってもみなかったわ」

イノブルク国に警告するつもりで移民を受け入れたのに、まさか国そのものを助けるなんて。ハァ、私を追放した国を助けてあげるって、何やってんだろう私。

でもそんな事言っていられない状況だったし……ま、いっか。


しばらくは普段の生活が戻り、友好国が少し増えた頃、イノブルク国から書簡がきた。

一度顔を出してほしいみたい。

そう言えば結構行ってないわね、そろそろ顔を出しておこうかしら。

行商人さん達は忙しいから、いつものメンバーで行く。

地下通路を通ってイノブルク国へ行くと、かなりキレイになった街並みが目に入る。

復興作業は順調みたいね。城門の前で王妃様と三人の聖女が出迎えてくれた。

王妃様はすっかり顔色が良くなってるし、弱気だった三人の聖女も自信を取り戻したみたい。

聖なる力も満ちているしね。案内されて付いていくと、てっきり謁見の間だと思ったら応接室に案内された。応接室と言ってもとても広く、小さなパーティーが開けるくらいある。

そして中には数名の貴族と……偉そうな知らない人達がいた。

「ロザリー、こちらが隣国の外交官、そしてこちらは……」

王妃様に次々に紹介されていく。みんなおじさんやお爺さんだけど、大体が外交官。

何で？　と思っていると王妃様が説明してくれた。

「ロザリーは友好国を増やしてるって聞いたから、イノブルク国と仲のいい国に声をかけたのよ」

あ～なるほどね。お礼のつもりなのかな？　お礼はお礼できちんと取り決めてあるから、これはオマケかしら。

こちらとしては手間が省けて助かるけど、実のところ急いで増やすつもりはもうない。

コンティオールが消滅する事はないし、ロザリア国はもう国として機能していると思う。

だから今日は挨拶だけにした。それにマックスの国、ハーフルト国との兼ね合いもあるし、みんなで相談してから決めないとね。

イノブルク国は聖女の加護が機能して安定してきたし、ロザリア国に移民してきた人達もこっちの復興の手伝いをしている。何かアベコベな感じだけど。

そしてすっかり忘れていたけど、王妃様が女王として国をまとめる事になり、フレデリック王太子は……別荘で療養という事になった。戻ってくるのはほぼ絶望的ね。

「それでねロザリー、ロザリア国とイノブルク国の友好関係を、一時的なものではなく永続的なものにしたいの。今は見返りを示せないけど、時間をかけてでも価値のある国にして見せるわ」

（アイツがいないのなら俺は構わんぞ）

「王妃様、いや、女王様は嬢ちゃんに害をなす事はせんじゃろ。良いんじゃないか?」

「ん～じゃあ、はい、今後も仲良くしてくださいね」

これでイノブルク国との諍《いさか》いがなくなるのならその方がいいな。

昔、王妃様……女王様にはお世話になったし。こうして私が国外追放された事にケリが付いた。しばらくはノンビリしたいよ～。

ああでも無理か、イノブルク国の騒動に紛れて嫌がらせをしてくる国、他にもあるもんね～。

第四章　新たなる脅威　～敵ですって⁉　私に任せ……やっちゃった～

イノブルク国の騒動が一段落し、私達はのんびりとお茶をしていた。

はぁ～、平和って良いわよね～。

友好国との物流が盛んになり、以前は硬い石だらけのお城だったけど、今は居心地のいいお城になっている。ソファーや～らかい、テーブルつるつる、窓も扉も木やガラスでしっかりしてる。

それは民家にも言える事で、以前は石と土を固めた家ばかりだったけど、今は木の板で囲われていたり家の周りに木を植えている家が多い。

「ねぇコンティオール、このまま平和に暮らせたら幸せね～」

私の後ろで伏せているコンティオールは、ソファーの背もたれにアゴを乗せている。

たてがみを撫《な》でると気持ちよさそうに目を閉じた。

（まったくだ。まぁ、あれほど愚かな王子はそうそういないだろうからな、しばらくは静かに暮らせるだろう）

お爺ちゃんとオードスルスはイノブルク国に出張中で、水や街道の整備をしている。あちこちの国から支援が入っているし、ボランティアもたくさん来てたから、数年もしたら復興完了するんじゃないかしら。

私ができる事なんてないしぃ～、今はのんびりぃ～、美味しいお菓子とぉ～、お茶を飲んでぇ～……うひひ、ぐぅ～。

（そのまま寝るな。寝るならベッドへ行け）

「は！　寝てない寝てない！　お腹が膨れたから眠くなるなんて子供じゃあるまいし！」

「いえいえ、大人でも眠くなりますぞ？」

「あ、行商人さん、どうかしたんですか？　って、レディーがいるんですから、ノックくらいしてくださいよ」

居室のドアを開けて行商人さんが入ってきた。もぅ、いつまでも子供扱いするんだから！

「その、ノックをしたら聖獣様が入っていいとおっしゃったので……」

「え？　ノックしたの？」

（お前は寝ていたな）

えーっと、うん。寝てました。

「ごめんなさい。それで今日はどうしたんですか？」

「今月に入ってから増えた商店とその数を一覧にしました。お目通《めどお》しをお願いします」

渡された紙を見るとたくさんの店名が書かれていた。

移民を受け入れて以降はあちこちの国から人が流れ込んでくる。

それは嬉しいんだけど、旅行客ならいざ知らず、定住する人にはしっかりと登録をしてもらっている。コレは商店だけだけど、もう少ししたら国民として登録した人の一覧が出てくるはず。

イノブルク国からの移民もあったから、数万人に達すると思う。……逃げよっかな。

(流石《さすが》に国民全員のリストを見ろなどとは言わないさ)

「そ、そうよね？　いくら行商人さんでもそこまでは言わないわよね？」

なぜか行商人さんは目を逸らした。……言わないわよ、ね？

「ところで聖女様、城壁の外側の街ですが……」

あ、話を逸らした。

「外側の街ですが、エルボセック様が基礎を作り、大工が家を建てるという案はお見事でした」

「えへへ～、そうでしょ？　大工の仕事を奪わないようにしつつスピードアップ！　我《われ》ながら自分の賢さに惚れたわ！」

(自分で言うな。しかもほとんどは爺さんの案だろうが)

「そ、それは言わないでよ！　切っ掛けを作ったのは私なんだから」

何だかんだで充実した幸せな毎日を送れてるって思う。

朝起きて朝食を頂き、食後にはみんなでティータイム。

昼には昼食を頂いて、食後にはみんなでティータイム。

夜には夕食を頂いて、食後にはみんなでティータイム。

「あれ？　私って仕事してる？」

(してると思うのか？)

「た、たまには仕事してるわよね？」

(たま〜〜〜〜……に、な)

「ひょっとして私ってばタダ飯食らい？」

(……さぁ？)

「違うって言ってよ〜！」

たてがみを掴んで暴れる。

(こ、こら痛い！　痛いからたてがみを離せ〜！)

「コンティオールのイジワル！　もういい！　今日はもう寝るもん！」

（太るぞ）

ギク。そっとお腹に手を当てる。

ちょ、ちょっとだけ出てるかな？　いえいえ、ご飯を食べたばっかりだからよね？

（ケーキも食べていたがな）

ギクギク！　テーブルを見ると、ティーカップと三段重ねのお菓子スタンドがある。

空っぽだ。お腹をさするとすごく出てる気がしてきた！

「ちょ、ちょっと食後の運動に行ってくるー！」

（ん？　俺も行こう）

動きやすい服装に着替えて城壁の内側を一周したけど、あ、あれ？　おかしいわね、

体力がなくなっているわ。まさか歳かしら。

（体重が増え）

「言っちゃだめー！」

それ以上は言っちゃダメ！　禁止事項です！　そうだわ、今日からこの国では太った

とか丸いとかいう言葉を禁句にしましょう！

（アホか）

街の方を見ると、みんなが楽しそうにしてる。あ、あれは若奥さんだわ。

隣にいるのは……兵士？　あ、旦那さんだ！

手を繋いで歩いてる。ラブラブね！

あそこには隊長さんがいる。部下数名と市民で焚き火を囲んで談笑してるわね。

うーん、何だか楽しそう！

何だろう、みんなが楽しそうにしていると、私もとっても嬉しい。家族と一緒に楽しく暮らせて、みんなでワイワイ楽しんで、ずっとこんな生活をしていきたいな～。

私もきっと将来はマックスみたいな旦那さんと……何でマックス？

そんな楽しい日々を過ごしていたある日、一通の手紙が届けられた。

差出人はザノフ皇国のカルメロ王太子からだった。……え、えーっと？

「ざ、ザノフ皇国のカルメロ王太子ですって⁉」

「知っておるのか？　嬢ちゃん」

「全然知らない」

（だと思ったよ）

手紙を持ってきたのは若奥さんで、そろそろ行商人さんと隊長さんも来るから彼らに話をしよう。

困った時はみんなで相談よね！　え？　責任放棄？　そんなの知らな〜い。

ロザリア国の主要メンバーが揃い、手紙の内容を確認した。

「えーっと？　我《われ》らが王太子に行いし……不敬《ほにゃらら》により、我《われ》らの……自尊心《なんちゃら》はひどく傷つけられた。よって我《われ》らは義に従い……貴国《えへへ……》への仇討ちをするものなり。だそうよ？」

（意味がわからんぞ）

「まったくだわ、何を言っているのかしら」

「いや、嬢ちゃんが文字を飛ばしまくっているからわからんのじゃよ」

「だ、だって難しい字なんて読めないもん」

「わ、私が読ませていただきますぞ？」

行商人さんに手紙を渡した。スラスラと読んでくれるけど、うん、やっぱり意味がわからないわ。

「フケーとかジソンシン？　とか意味がわからないわね」

「つまりですね、我がザノフ皇国の王太子に失礼な事をされたからとっても傷つきました。だからロザリア国を攻める大義名分がありますよ、って事ですな」

「えーっとつまり、ザノフ皇国が攻めてくるの？」

全員がうなずいた。それと同時に全員が頭を悩ませる。だって……

「ザノフ皇国のカルメロ王太子って誰？」

誰も知らないんだもん。

「ザノフ皇国は知っていますし、カルメロ王太子の名も知っているのですが、どうしてロザリア国を攻める大義名分があるのですかな？」

さっすがは行商人さん、物知りね。

「そうよね〜、私達は喧嘩を売ってないし、きっと何か勘違いをしてるんじゃないかしら」

（ちなみに、ザノフ皇国のカルメロ王太子とはどんな人物だ？）

「ザノフ皇国は少々風変わりな国でしてな、貴族は全て顔を白く塗っております。自分の事をワラワとかヨとか言っていましたぞ」

「へ〜、変な国ね。ん？」

はて、顔が白い？　ヨ？　何か記憶の片隅に引っ掛かってるけど……

（それは四人の王子が来た時にいた奴じゃないか？）

「あ！　頭にターバン巻いた人とか騎士風の人とか、カットスターのジェイソンが来た時にいた人だ！」

隊長さんもぽんと手を打った。そう言えば隊長さんもいたわね。

「な、何ですと！？　頭にターバンを巻いた人と騎士風の人もいたのですか！？」

「うん。この国を寄越せって言われたから、お爺ちゃんとオードスルスが一瞬で倒しちゃった」

「そうでしたか……それでは仕方ありませんが、しかし困りましたな」

「行商人の、そんなに困る事なのかのぅ？」

「はいエルボセック様。恐らくその時に訪ねてきた国全て、大変面倒な国なのです」

え〜……もう面倒事はこりごりなのに。

大体向こうから失礼な事を言ってきたのよ？　それを何言ってんだか。

「あ！　聞いた事があります！　ザノフ皇国と仲の悪い国が十年間嫌がらせされ続けて、ついには国王が頭を下げる事になったってヤツですか⁉」

「それですな。若奥さんは情報通ですな」

何それ！　十年間嫌がらせをした？　それって国がやる事なのかしら。

(仲が悪いだけで十年間嫌がらせをするなら、王太子をひどい目に遭わせたらどうなるんだ？)

「間違いなく戦争でしょうな」

「ああ、それでこの宣戦布告の手紙がきたのね……え？　宣戦布告？」

そう思った時には遅かった。

街の外にはすでに大軍勢が押し寄せており、城壁外の街に到着しようとしている。

「いけない！　街が襲われちゃう！」

と思ったら何かが立ちはだかる。ん？　あれは……天使？

あ！　と思った時にはすでに終わっていた。

二人の天使ラングエルとクーズエルの攻撃で、ザノフ皇国軍は一瞬で倒されてしまったのだ。

何だか前に会った時よりもずいぶんと大きく見えるわね。

危険はなくなったと判断したんだろう、天使達は羽を広げて静かに空を飛んだ。

そして一回羽ばたいただけで城の前まで飛んできた。な、何ですと～、カッコイイ！

「主様《あるじさま》、危険は去りました。私達は天上にて待機しております」

天使達が城の前で片膝をつき、頭を下げて報告する。

窓の外にはちょうど頭が見えるけど、膝をついて頭が三階にあるって事は、立ち上がったらどれだけ大きくなるの？

「あ、ありがとう。ごめんね、わざわざ来てもらって」

「「それが役目ですので。では」」

立ち上がると体が薄くなり、消えていなくなった。立ち上がったら五階か六階まであったわね。あれが本来の大きさなのかしら。

（こういう場合は、次にどういう手を打ってくる？）

みんなで外を眺め、倒れている敵兵？　を眺めていた。

「次は……もっと大軍で来るのではないですかな？」

「え〜、諦めてくれないんだ」


行商人さんの言う通り、ザノフ皇国は諦めなかった。

なんと今度は大軍を引き連れて現れたのだ。

「何か変なのがいるけど、アレは何？」

「アレは……投石器《カタパルト》ですね。スプーンの所に岩を載せて飛ばすのです」

流石《さすが》は隊長さん、詳しいわね！

「じゃあの大きな弓矢は？」

「バリスタです。ついでに説明しますと、その後ろにいるのは象という生き物で、剣も矢も役に立ちません」

「え!?　それじゃあどうやって戦うの？」

「動きが鈍《にぶ》いので、油をかけて火を放つのです」

うわ、生きたまま焼くの？　……ブルブル、想像しちゃったじゃない。

「しかしまだ距離があるようじゃな。今回は天使に頼らず自分達で何とかするとしようかの」

【ボクもガンバルー】

（俺も出るぞ）

おお！　ウチの頼もしい仲間が燃えているわ！

ええっと、じゃあ私にできる事といったら……アレね！

「じゃあ三人には聖なる力をバンバン送り込むわよ！」

まずは近くにいたオードスルスからね！　とりあえず抱きしめて、ふんぬぅ！　と気合いを入れて聖なる力を送り込んだ。うんうん、これで少しは力になれて……！

「あれ？　オードスルス、どうしてまた騎士の姿になってるの？」

「それは母さんが力を貸してくれたからだよ。魔結晶がなくてもこの姿になれるんだね」

はて？　魔結晶の膨大な力がないと細身の騎士にはなれないんじゃ……？

ま、いっか。

「じゃあ次はお爺ちゃん！　といや!!」

お爺ちゃんの手を両手で握って（役得だわ！）、気合いと共に聖なる力を流し込んだ。

すると今度はお爺ちゃんの体が金色に輝きだした。

「ほっほっほ、相変わらず嬢ちゃんは面白いのぅ、こんなに力があふれてくるのは初めてじゃ」

何だろう、いつもカッコいいお爺ちゃんだけど、こんなに光ると神々《こうごう》しいわね！

「最後はコンティオールよ！」

首に抱き付いてコンティオールは最強！　って念じた。

（ぐお!?　い、いかん離れろ！）

首を振って振り払われた。

「キャ、何よ一体。あれ？　コンティオールはどこ？」

今まで目の前にいたのに、姿がなくなっていた。

「あそこじゃよ、あそこ」

お爺ちゃんが指差す先は窓の外……あ、お城の外に出ちゃったの？　気が早い……

あれ？

「何か、大きくなってない？」

「うむ、普段の三倍はあるのぅ」

「何で？」

「さ〜何でかの〜？」

訳わかんないわ。どうして巨大化しちゃったのよ。

そんなんじゃたてがみを撫《な》でられないじゃない！

「む、聖獣が手柄を独り占めしてしまうわい。行くぞオードスルス！」

「わかった！」

そう言って二人も窓から飛び出していった。

お行儀が悪いわねもぅ。ちゃんと玄関から出ていってよ。うわ、ザノフ皇国の兵士が宙を舞ってるわ。コンティオールったら手加減しないんだから。

あれ？　投石器《カタパルト》とバリスタが地中に落ちていくわ。

あんな場所に何で……あ、お爺ちゃんね？　お爺ちゃんが地面に穴を開けて落としたんだわ。

象が見えなくなった。見えなくなったというか、足を切られて身動きが取れなくなってる。

オードスルスが高圧の水で切ったのね。見る見る敵の兵士がいなくなっていく。

象よりも大きなコンティオールが戦場を所狭しと走り回り、お爺ちゃんが敵兵の足止めをし、オードスルスがトドメを刺していく。何これ、完璧な布陣じゃない？

あ、終わった。

ザノフ皇国軍が散り散りになって逃げていくわ。そりゃそうよね～、まともに戦う気なんて起きないわよね～。ここまでしたら流石《さすが》にもう来ないわよね？

「これで次回来るのが遅れるでしょうな」

……遅れる？　次があるの？

「あの、行商人さん、ザノフ皇国はまだ来るのですか？　ここまでひどい負け方をしたのに？」

「そうですよ若奥さん。ザノフ皇国は諦めません。勝つまでやる国なのですよ」

立ち眩《くら》みがした。え？　まだ来るの？　あんな負け方をして？

何とかならないかとみんなで考えていたら、数日後また現れた。

「この卑怯者め！　正々堂々と人間が戦え！」

今度は悪口を言ってきた。正々堂々って、戦争でしょ？　何かルールでもあるのかしら。

「一番正々堂々としていない国から言われると、妙にイライラしますね」

「でも隊長さん、人同士だったら数が違いすぎるわよ？　流石《さすが》にあの数じゃ……」

「ふふ、聖女様、アイツらはなんて言いましたか？　そう、正々堂々と、です」

？　あ！　そういう事か！

「新装備の力、しかと試させてもらいます。それでは行ってまいります」

「いってらっしゃ〜い」

それだったら負けるはずがないわね！　隊長さんは兵を引き連れてザノフ皇国軍の前に立った。

そして何かを言い合った後、ザノフ軍は大半を後退させて、隊長さんと同じ数だけが戦場に残った。正々堂々と、だもんね。数が違ったら卑怯よ？

さらに隊長さん達の新装備、鎧と剣と盾と槍と斧には、ぜ〜んぶ強力な祝福を掛けていて、普通の武器は効かなくなっている。

銀色の鎧には青いラインが入り、胸にロザリアと刻印されている。

頭、胴、足、腕、全部金属だけど軽い素材だ。

戦闘が始まった。だ、大丈夫よね？　祝福はしっかりしたし、訓練もすごくしてたもんね？

あ、終わった。

お互いが走り出してぶつかった、と思ったら、隊長さん達は止まる事なく走り抜けていった。

通った後には……ザノフ皇国軍が倒れている。おお〜！　すごい！　こんなに強かったんだ！

ザノフ皇国軍が負け惜しみを言いながら撤退し、今回も戦死者の遺体を放置していった。

負けたとはいえ国のために戦ったのよ？　それを放置するってどうなのかしら。

隊長さん達は余裕があったから手加減したみたいで、本気を出していたら死者の数はもっと増えていた。はぁ、仕方がないからこっちで弔《とむら》うとしましょう。

「ぶっちゃけこっちとしては損害は出てないし、実戦訓練もできたって意味じゃいい経験だと思うのよね？　でも放っておいたらどこかの国みたいにつけ上がって、難癖をつけてきそうな感じがするの」

（そうだな、どこかの国はもう大丈夫だろうが、ザノフ皇国は執念深いというし、どんな手を使ってくるか想像ができない）

隊長さんが城に戻ってきて、兵隊さん達は戦いの後片づけをしている。

居室でお茶をしながら話しているけど、こっちからは攻め込まないのを信条としているから、必ず後手に回ってしまう。

う〜ん、何か戦いを諦めさせる手はないかしら。

「お爺ちゃん、何かいい手はない？」

「ん？　そうじゃな、国を滅ぼしてしまえば楽なんじゃが、それはしないのじゃろ？」

「滅ぼすのはダメ。こっちから攻めるのもダメ」

「そうなるとのぅ、国から出られないようにするくらいしか思いつかんのじゃ」

「『国から？』」

思わず全員が聞きなおした。国から？　ザノフ皇国から兵士を出せないようにするの？

「エルボセック様、ザノフ皇国の国境を封鎖するという事ですかな？」

「それだと手間がかかりすぎるじゃろ。幸いあの国にはキチンと聖女がおるし、こちらが細工したら人の出入りができなくなるのではないかと思ったのじゃ」

聖女？　出入り？　……あ、そうか！

「さっすがお爺ちゃん！　それは考えた事がなかったわ！」

（そうなるとロザリーがやる事になるが、どの位置からならできそうだ？」

「そうね、直接触らないと無理かもしれないけど、ザノフ皇国の外から近づけばできると思うわ」

「ならば早めに行動した方が良いじゃろう。今回はあ奴らの被害は少なかったから、すぐにでも攻めてくるかもしれんでな」

　よし！　それじゃ準備をして今日にでも向かうわよ！


「ただいま〜」

【ママーおかえりー】

「お帰り嬢ちゃん。ずいぶんと早かったのぅ」

　ザノフ皇国での作業が終わって、見つからないようにそそくさと戻ってきた。

「何か知らないけど、簡単にできちゃった」

「それじゃあこれで攻めてくる事はなくなったのかしら？」

「そうよ若奥さん。枕を高くして眠れるわね！」

「それでは明日の朝にもう一度ザノフ皇国へ行き、警告書なり伝言なりをして来れば完了ですな」

「そうじゃな、国民はしばらく不便になるが、コレは諦めてもらうしかないのぅ」

　翌朝、ゆっくりと朝食を頂いて、のんびりとお茶をした後でザノフ皇国へ向かった。

　面白そうだからって、国の重要人物全員が付いてきた。

　でも、その気持ちはスッゴクわかる！

お爺ちゃんの地下通路を通っていくと、面白い事にある場所を境に軍隊が動けなくなっていた。

「おお！　こんな事ができるのか！」

「なぜかしら、可哀そうに見えてきたわ」

「いやいや、この程度では何の制裁にもなっておりませんぞ？」

三人が驚いてる。そういえば実際に聖なる力で何かをしてる場面って、普通の人は目にする機会はないわよね。

「あ！　貴様らはロザリア国の卑怯者ども！　さてはこれも貴様らの仕業《しわざ》か！」

隊長らしき人が剣を抜いて暴れているけど……見えない壁に阻まれてこっちに来られないでいる。

他の兵隊も同じで、見えない壁に遮《さえぎ》られて右往左往している。

でも……うん、一般市民も出られないし入れないから、防護膜改《ぼうごまくかい》の周囲で戸惑ってる。

本来はモンスターのみ通過できないようにする防護膜《ぼうごまく》だけど、それを改造して物体が通り抜ける事ができないようにした。

だからあらゆる物流が止まり、ザノフ皇国は陸の孤島になってしまった。

「ねぇ、私達って卑怯なの？」

「いやいや、言いがかりをつけて侵略するザノフ皇国の方が卑怯じゃよ」

「私達は侵略者から国を守っただけですからな」

「何だとぉ!?　貴様らのような弱小国が、我がザノフ皇国と同じだと思っているのか!!」

「その弱小国に二度も三度も追い返されたのは、どこの国？」

最初は天使に、次は聖獣、精霊ズに、三回目は兵隊に追い返されてる。

「き、貴様ら〜！」

「もう、そういうのはいいのよ。今日はコレを渡しに来たの」

手の部分だけ通過可能にして、一通の手紙を渡した。

行商人さん曰く、今回の騒ぎを弾劾する内容みたい。

「その手紙を持った人が一回だけ通れるようにしてあるから、返事をする時は手紙を忘れないようにしてね。じゃ」

それだけ伝えて国に戻ってきた。さて、どんな返事になるか楽しみね。

「ねぇねぇ、素直に降参してくれるかな？」

「ワシはあと一回は何かしてくると思うのぅ」

（右に同じく）
国に戻ってきた私は居室でのんびりしていた。一晩明けたけど、今頃ザノフ皇国では
あーだこーだと話し合いをしているはずだ。素直に受け止めてくれればいいけどな。
「何ぶん兵士達の目は死んでおりませんでしたからな、まだまだ暴れたりないので
しょう」
行商人さんが怖い事言ってる。暴れたりないって……どんだけ戦争が好きなのよ。
（とはいえ、しばらくはやる事がないからな、ノンビリ待つとしよう）
それから四日後、ようやくザノフ皇国から来たという人が現れた。
あれ？ 使者には貴族が来ると思ったけど、この人は顔が白くないわね。
一人で行動しなきゃいけないから、貴族だと危険すぎてダメなのかしら。
「何とか温情を頂けないでしょうか？」
会議室に案内し、そこでいろいろな話をしている。社交辞令から始まって、やっと本
題に入ったんだけど、いきなり温情を要求された。温情が欲しいのはこっちなのよ？
「温情とはどういう意味でしょうか。攻め込むのをやめてくれとお願いしているのは、
こっちなのですけど？」
「そこを何とかお願いします。今やザノフ皇国は陸の孤島、市民まで巻き込むのはやり

過ぎでございます」

　こっちの市民も巻き込まれたんですけど⁉　思わずツッコミそうになったけど、ここはグッと堪えて声を抑えた。

「こちらの要求は変わりません。ロザリア国に攻め込むのをやめてくだされば、すぐにでも人の出入りができるようになりますよ？」

「わかりました。我が国はロザリアに攻め込まない事を約束いたします」

　そうでしょうそうでしょう、簡単に認めるはずが……え？　今攻め込まないって言った？

　いきなり手の平を返したのでみんなも目が点になってる。

　もうひと悶着あると思ってただけに、こんなに簡単に承諾されると拍子抜けしてしまう。

「えっと、じゃあ戦争は終わりって事で間違いありませんか？」

「間違いございません」

　う、うお？　今までのしつこさはどこへいったんだろう。

　陸の孤島ってそこまでキツかったのかしら。でも戦争が終わりっていうのは、こっちとしても歓迎だわ。みんなに確認したけど、問題ないみたい。

「わかりました。それでは人の出入りができるようにしましょう」

そう言ってザノフ皇国へ向かった。私が直接解除しないとダメだからね。

使者には先に帰ってもらい、後から地下通路を通っていこう。

コンティオール、オードスルス、お爺ちゃんと一緒に地下通路を抜けると、そこでは多くの人がキャンプをしていた。

国に入れない人がこんなに大勢いたのね。商人や旅行者など、さまざまな人がいるみたい。

今から解除するからね～、ゆっくり休んでね～。

これでやっと枕を高くして寝れる～と思って終戦協定を結ぼうと思ったけど、今はそれどころじゃないから後にしてほしいって言われた。

まぁ物流も人も止まってたから、少し落ち着いてからでもいいかな？

そして平和な時間を過ごしていた数日後、ザノフ皇国から別の使者が現れた。

……たくさんの兵士を引き連れて。

「ど、どういう事⁉　戦争は終わりって約束したじゃない！」

「どういう事かのぅ、これは明らかに約束をたがえておる」

(こうも簡単に約束を破るのか……予想以上に最悪な国だな)

「で、でも、じゃあ会議室で話し合った事は一体何だったのですか？」

若奥さんの言う通りよ。あんなに必死に訴えてきたのは嘘だったの？

「は！　まさかあの使者は偽物だったのか⁉」

「いやいや隊長さん、ザノフ皇国から来たって言っていましたよ？」

「いえ、ひょっとしたら偽物だったのかもしれませんぞ？　我々は彼がどういう立場の人物か確認しませんでした。だから勝手にザノフ皇国の意思を伝えに来たと勘違いしただけで、何の権限もない人間だった可能性もありますな」

え？　ザノフ皇国から来たのは一般人だったの？　確かに確認しなかったけど、一般人が勝手に考えてそんな事をしたの？

（そうか、防護膜改《ぼうごまくかい》があっても会話はできるからな、ザノフ皇国の政府の者が国外にいた誰かに命令したら、それで偽物の使者の完成だ。防護膜改《ぼうごまくかい》の解除後、『そんな使者など知らん、勝手にロザリアが解いた』とでも言うつもりだったのだろう）

「ええ⁉　じゃあ私達は騙されてたって事⁉」

私達が戸惑っている間に、ザノフ皇国軍は進軍を開始した。

「あ！　ダメ！　止まって！　来ないで‼」

ザノフ皇国軍が前進し、城壁外の街へと迫っている。

ダメだってば！　それ以上進んだら……！

ザノフ皇国軍が街に差し掛かろうとした時、深さ二メートル、幅三メートルほどの溝にザノフ皇国軍は落下していった。

「街に入れないように落とし穴を掘ったから、来ちゃダメって言ったのに……」

落とし穴は街を囲むように掘ってあり、決まった場所以外からは入れないようになってる。

あ〜あ、たくさんの兵士が落ちちゃったじゃない。

どうせまた放置して帰るんでしょ？　大変なのよ後始末。

何の道具もなしに落とし穴は渡れないし、早く帰ってほしいんだけど……あれ？

「ねぇ、何だか落とし穴をジャンプしてきているんだけど⁉」

三メートルあるのよ⁉　鎧を着た人が飛べる距離じゃないわ！　一体どうやって⁉

「む？　あれは人ではないな、モンスターじゃ」

（小さな人型はレッドキャップ、カエルの人型はスタンドトードか。よくも手懐《てなず》けたものだ）

次々に落とし穴を飛び越えて街に襲い掛かる。

ちょ⁉　ちょっと待ってよ！　街にはまだ人がいるの！　避難が終わってないの！

い、いけない！　急いで街に下りないと！

「いや、大丈夫でしょう。あの程度のモンスターならば、お守りが効くはずです」

「え？　お守りって何？　隊長さん」

「まあ見ていてください」

街に行く足を止めて、お城の窓から街を見ていた。

するとどうだろう、モンスター達は家に飛びかかろうとしたけど、なぜかすぐに家から離れていった。

ん？　何なに、どうしたの？

その一軒だけではなく、どの家も襲われそうになるけど襲われなかった。

「ん？　隊長よ、一体何をしたのじゃ？」

「ミノタウロスのツノです。あれを加工して家の周りに飾ってあるのです」

ミノタウロスのツノ？　あぁダンジョンから山のように持ってきたアレ？

確かサイクロプスのハンマーとか巨大なヘビの骨とか、いろいろと持ってきたはずだけどあれなの？

「ミノタウロスは並のモンスターが束になっても勝てません。それはあいつらも承知しているようで、ツノがあるという事は近くにミノタウロスがいるはずだ！　と思って襲ってこないのです」

お、お〜そうだったんだ。

強いモンスターの象徴的な部位はお守りになる！　と。メモメモ。

よく見るとあちこちの家の玄関に角の一部分が飾ってある〜。

死してなお怖がられるんだ……すごいモンスターだったんだね！

（ふむ。とはいえいつかは渡ってくるかもしれないからな。今のうちに移動しておこう）

「さんせー」

街に下りてモンスター達の前に立つと、本当に角に怯えているようだった。

サイクロプス・ミノタウロスの骨はどこまで通用するのか実験する。

お店にあったミノタウロスの角のお守りを借りて、モンスターが集まっている場所に走っていく。

「あはははは、面白〜い！」

モンスターの中に走っていくと、面白いようにみんなが逃げていく。

レッドキャップとスタンドトードだけじゃなく、他の小型モンスターもみんな逃げていく。

走っては逃げ、走っては逃げを何度も繰り返して遊んじゃった。何コレ何コレ！　すっこいつ効果バッグンじゃない！　これがあればモンスターなんて怖くないわね！

調子に乗って走っていると、いつの間にか落とし穴を乗り越えた人も混じって逃げていた。

「ひいいいいい！　極悪聖女が襲い掛かってくる！」

……私を怖がってた！　しかも極悪って何よ！

え？　まさかモンスターもお守りを怖がってるんじゃなくて、私を怖がってたの⁉

そ、そんな事ないわよね？　でも一応確認のために……えい！

お守りをモンスターの群れの中に放り込んだ。

そうしたらモンスターはお守りから離れたけど、人は離れていかなかった。
ホ、よかった、お守りの効果はあったのね。で、でも極悪聖女って何よ。
(ザノフ皇国軍から見れば、お前は国を窮地に追い込んだ悪の権化だろうな)

「それは私が悪いわけじゃないじゃない！　ザノフ皇国軍が攻めてきたからでしょ⁉」

(向こうから見れば、俺達が嫌がらせをしているように見えるんだろう)

え～……。いじめっ子がいじめられっ子にやり返されたら、いじめっ子が大騒ぎするるってやつ？

もう訳がわかんないわ……

でも人が落とし穴を渡ってきたんなら、私は戻らなきゃね。

「嬢ちゃんノリノリじゃったのぅ」

街の中に戻ると、お爺ちゃんだけでなく街の人にもそんな目で見られてた。

ううっ！　確かにチョット楽しかったのは否定できない！

「せ、聖女としてお守りの効果のほどを確認していたのでございますですわよ？」

は、ハズカシィ～！　何かみんな生温かい目をしてるけど、レディーがする事じゃなかったわ！

「た、隊長さん？　お守りを持って落とし穴を渡ってきた敵兵を倒してくださいましや！」

あ、あれ？　何か言葉遣いがわからなくなってきた。

「了解しました聖女様。よーし、全軍位置につけー！」

隊長さんの号令の下、兵士達が敵兵に対処していく。

落とし穴を渡ってきた敵兵は、一部の通れる場所から来たのかと思ったけど、どうやら違ったみたい。

穴を埋めて通ってた。何で埋めたかって？　……自軍の兵士よ。

最初に落ちた人だけならいざ知らず、通れる場所を拡張するように兵士で埋め、それ自分の場所も兵士を踏み台にして渡っていた。

流石《さすが》の私も目を疑った。ザノフ皇国は兵士を道具としか見ていないのね。

あちこちから落とし穴を渡ってきているけど、それでも一度に通れるのは一人か二人。

だからこっちの少ない兵士でも十分に対応できる。

矢が飛んでくるけど、残念ながらこっちの鎧には矢が通用しない。

夜になり、敵の攻撃がやんだ。

攻撃がやんだ、というよりは、敵が全滅した、と言った方が正確ね。

こちらは怪我人が数名出たけど死者はゼロ。対してザノフ皇国軍は全員死亡。

流石《さすが》に気分が悪くなった。

「ロザリー様、城でお休みください。後始末は兵士の役目ですから」

「……うん、お願い」

隊長さんに言われて、口を押さえながら城に戻った。

食事をする気にもなれず、そのままベッドにもぐりこむ。何やってるんだろう私。

いくらこっちから攻めなくても、向こうから攻め込まれて死者を出したら意味がないじゃない。

何で上手くいかないの？　やっぱり国の代表なんて私には無理なのかな。

たくさん人を殺して、話をしても聞いてもらえず、強気に出ても下手《したて》に出ても攻め込まれる。

考えてみれば、ロザリア国ができてから戦争ばっかりしてる。

私の知る中でもこんなに短期間に戦争を繰り返している国なんてない。

どうしよう……私が騒動の中心だ。

泣きそうになっているとコンティオールがベッドに上ってきて、私を包むように横になる。温かい。そうだ、この温もりを守るために、私はこの国を作った。

でも今はそれ以外の理由もいっぱいある。

重い。

私がそんなにたくさんの物を持てるわけないじゃない！　やっぱり他の人にお願いした方が……

（今は寝ろ。疲れている時に考えても、悪い事しか考えられないからな）

「うん……おやすみ」

（おやすみ）

アックス？　どうしたのこんな場所に。

え？　こっちにおいでって？　何なに？　どうしたの？

はい来たわよ。ちょ、ちょっとマックス顔近い！

そんな、そんなに顔を近づけたら唇が……!!


「きゃ～!!」

ベッドから跳ね起きた。

あ、あれ？　夢？　夢……あれ？　どんな夢を見たんだっけ。

（どうした……嫌な夢でも見たのか？）

「ごめん、嫌な夢じゃなかったと思うけど、どんな夢か忘れちゃった」

（そうか、まだ夜だ、しっかりと寝ておけ）

「うん、おやすみ」

ふ～、夢ってすぐに忘れちゃう事あるわよね。続きを見られないかな。


ん……ん～……背伸びをして目をあけた。

「はぁ」

朝かしら……よく寝た気がするわ、そういえば夢の続きって見たのかしら。覚えてないけど。

ベッドから出ると、もうコンティオールはいなかった。

朝早くからどこかへ行ったのかな？　窓を開けて部屋の空気を入れ替える。

いい天気ね、太陽も高いし良い日差しだわ。でも太陽を見て違和感を覚えた。

「朝じゃないの⁉　え？　お昼⁉」

慌てて顔を洗って部屋を出ると、コンティオールが廊下から外を見ていた。

（起きたか。おはよう）

「お、おはよう。どうして起こしてくれなかったの？」

（疲れていたようだからな）

「疲れてても仕事があるのに」

（お前一人が休んだくらいどうって事はない）

「でも今は一人でも多くの手が必要な時よ？」

コンティオールがアゴで窓の外を差した。何？　外を見ろって事？

窓を開けて外を見ると、落とし穴の周りには多くの人が集まっている。

ああやっぱり、早く行って手伝わないと……ん？　見た事のない鎧の人がいるわね。

（ハーフルト国の兵士だ）

「ハーフルト？　マックスの国？」

（そうだ。今朝早くにマックスが様子を見に来たが、アレを見てな、大慌てで兵士を連れてきたんだ）

「ちょっと！　それならなおさら起こしてよ！　ハーフルト国の王太子よ？　ちゃんと出迎えなきゃダメじゃない！」

（俺と爺さんで出迎えた。立場的にはちょうどいいだろう）

「で、でもだって、マックスが来てくれたのよ？」

（ほぅ、そんなにあいつに会いたかったのか？）

「は、ハァ⁉　あ、会いたい？　会いたいって何を……あれ？」

私今、喜んでなかった？　マックスが来てくれて嬉しくて、早く会いに行こうって思ったわよね？

何で？　胸がドキドキしてるけど、歳の近い友達だから、よね。マックスはカッコいいし優しいいし、私を心配してくれて……あ、あれ？

べ、別に急いで会いたいってわけじゃないんだから、今からゆっくりと挨拶に行って、お昼を一緒に食べるくらいは構わないわよね？

「マックス」

「やあロザリー、おはよう。ゆっくり休めたかい？」

隊長と一緒に指揮を執っているマックスに挨拶すると、にっこり笑い返してくれた。

う……意識して胸がドキドキいってる。

そのまま談笑していると、ハーフルト国の兵士達が集まってくる。

「ロザリー、この者達は以前君に治してもらった疫病《えきびょう》にかかっていた者だ。どうしても礼を言いたいと言うのだが、構わないだろうか」

「え？　疫病《えきびょう》って確かハーフルト国の聖女様にお会いした時の？」

「そうだね」

あれは疫病《えきびょう》を治したというよりも、偶然治っちゃったって感じだったけど……いいのかな。

(結果は同じだ。言いたいというのなら言わせてやれ)

「あんまり大した事はしてないけど、気持ちは素直に受け止めたいわ」

ハーフルトの兵士達が整列して、私に順番にお礼を言ってくれる。

本人が疫病《えきびょう》にかかっていた人もいれば、家族や大切な人が病に倒れていた人もいた。

そっか、私にも役に立てる事があったんだね。何か、逆に元気をもらっちゃった。

「皆さんの気持ち、とても嬉しく思います。これからも皆さんに幸多《さち》からん事を」

軽く祝福をしたつもりだったけど、どうやら気持ちが高ぶってたみたい。

何だか、みんなとっても元気になってくれた。

「さてロザリー、少し話があるんだけど、いいかな」

「どうしたの？　そんなにかしこまって」

「ここでは話しにくい事なんだ」

何だろう、国の運営に関わる事かな。それなら城に戻った方がいいのかしら。

「わかったわ。じゃあ城へ行きましょう」

城の会議室には私とコンティオールとお爺ちゃん、そしてマックスがいる。

「まずはザノフ皇国を退けた事、おめでとうございます」

「あ、ありがとうございます。え？　でもザノフ皇国ってしつこいんじゃなかった？」

「そうだね。ただ再三にわたる攻撃で、あの国の兵力は極端に低下しているんだ」

えっと、四回攻めてきたんだったっけ？　あの国の兵力がどれだけか知らないけど、大損害を受けてると思う。

確か……バリスタ？　投石器《カタパルト》？　とかいう兵器も壊したし、象も倒しちゃったし。

「確かに四回も撃退したから、兵士はかなり減っているかもね」

「我が国の調査によれば、ザノフ皇国軍の兵士の数は約五万。ロザリア国を攻めた事で、少なくとも半分近くまで減っているんだ」

「半分か……じゃあまだまだ攻める力があるって事ね」

「そこなんだけど、実はザノフ皇国は周辺国から嫌われているって知っているかい？」

「そうなの？　そういえばすごくしつこくて嫌な国って聞いたけど、でも何であそこまでしつこいのかしら」

「あの国は何よりも誇りを大事にするんだ。誇りのために生きて誇りのために死す。王太子の誇りを傷つけた事で、あの国はロザリア国を徹底的に攻めているんだ。あまりにしつこいから、他の国も手を焼いていてね。だからロザリーにはすまないけど、実はすでにいくつかの国に声をかけて、ザノフ皇国を攻める算段を付けてあるんだ」

「そうなの？」

「ああ。だからロザリアにも被害国として加わってほしいんだ。もちろん代表国として、一番の功績は兵を半分減らしたロザリア国になるよ」

んん～？　加わるって事は攻め込むのよね。ロザリア国としては攻め込みたくないんだけどな……

「でもロザリア国は侵略はしない、攻め込まないって各国に話してあるし……」

「ああゴメン、説明が足りなかったね。ロザリア国には、後方支援をお願いしたいのさ」

「後方支援？」

「そう。食料や薬、武器の運搬が主な仕事だね。参加する国はある程度の物資を持ってくるけど、ロザリア国は出兵しない分、多めに出してもらいたいんだけど」

そっか、それなら侵略した事にはならないのかな。

これ以上攻め込まれるのは御免だし、戦争が終わるのならその方が良いかも。

「マクシミリアン王太子よ、いくつか確認させてもらっていいかのぅ」

「はい、何なりと、エルボセック様」

「一つ、補給部隊を出したとして、補給線を攻めるのは軍事の基本。ザノフ皇国も当然補給部隊を狙ってくるじゃろう。その護衛はどこがするのじゃ？」

「参加する国から順番に護衛に入りますが、主にロザリア国の兵に護衛をしてもらうつもりです」

「二つ、一番の功績はロザリア国と言っておったが、他の国は納得済みなのかのぅ？」

「それはすでに話が付いています。参加国全てが同意しております」

「三つ、万が一敗退した際、その責任はどこにあるのじゃ？」

「それは……ロザリア国になります」

「え！　何で⁉」

「他の国、例えば我がハーフルト国が責任を負う場合、勝利した際も一番の功績を得なくてはいけないんだ。そうでなければ代表国としての意味がなくなってしまうから」

つまりハイリスク・ハイリターンってやつよね。

そっか、ローリターンでもいいなら責任は問いませんよ、って事ね。

「でも、特に今回の場合だけど、すでにロザリア国の戦力は各国に伝わっていて、ロザリア国が動かないとなると他の国も足が鈍ってしまうんだ」

「え？　だってロザリア国は戦いに参加しないのよね？」

「参加はしなくても、強力な戦力が後ろに控えている、その安心感があるのとないのとでは雲泥の差なんだ」

う〜……私達が参加しなければ各国は攻め込まず、ザノフ皇国はまたロザリアを攻めてくる。

私達が参加したら連合軍で攻め込んで、ザノフ皇国はロザリアに手を出せなくなる……

う〜……う〜……うー！

「どうしたらいいのよ〜⁉」

（落ち着かんかアホ）

「あいた。何よコンティオール、頭を叩かないで」

（爺さんもう一つ追加だ。連合軍は何か国、総勢何人だ？）

「おおそうじゃな。四つ目じゃ、連合軍は何か国で総勢何人じゃ？」

「ロザリア国を抜いて、五か国五万人です」

えーっと、つまりザノフ皇国軍の倍の数よね。

「それって多いの？」

「倍の数になるからね、ザノフ皇国を攻めるには十分な数だと思うよ。それにロザリア国が加われば人数はさらに増える」

そうね……そうよね、つまりは一対二って事だもんね、かなり有利なのは理解できるわ。

あ、でも軍事的な事なら隊長さんに相談した方が良いかな。

「ちょっと待ってね、隊長さんを呼ぶから」

「ええ構いませんよ。その話ならマクシミリアン王太子から聞いていますから」

隊長さんに話を聞いてもらったら、あっさりと承諾してくれた。

そういえば私が行く前に話をしていたんだったわね。

「じゃあその条件で受けても大丈夫？」

「問題はないでしょう。ただ一つだけお願いがあるのですが、よろしいですか？」

「何かしら」

「ロザリー様は国に残っていただきますが、聖獣様、エルボセック様、オードスルス殿、三名のうちお一人には御同行願いたいのです」

あーそうよね、戦力的にいるのといないのとでは違うもんね。

でも誰がいいのかしら。三人を順番に見る。あ、悩む必要がないやつね。

「お爺ちゃんお願いできる？」

「ま、そうじゃろうな。よかろう、ワシが行くとしよう」

他の人と会話できるのはお爺ちゃんだけだもんね。

五か国がロザリアに集結し、ついにザノフ皇国に攻め入る事になった。

各国の隊長が挨拶をして、マックスが指揮官として移動を開始する。

移動にはお爺ちゃんの地下通路が使われるけど、今回は特大サイズの通路で、横幅は百人が並んで通れるほどの広さがあった。

うわぁ、こんなに広い通路が作れたんだ。でもコレはいざという時以外は使えないわね～。
兵達が続々と地下通路に入り、ロザリア国の補給部隊も一番最後に通路に入っていく。
最初は後背から攻められる心配がないからこれで良いんだってさ。
みんな、無事に帰ってきてほしい。
それ以降は毎日連絡が入ってきた。
○○の街を攻め落とした、○○砦《とりで》を落とした、○○地方の制圧を完了した……など
など。
順調に進んでるみたいだから安心だけど、それでも頻繁に地下通路を通って怪我人や
壊れた武具が運ばれてくる。
そして困った事に、怪我人は聖なる木の実であっという間に治療が終わり、新しい武
具を手にして戦場へ戻っていく。
怪我をしても休む事ができず、戦争が終わるまでひたすら戦わないといけないの？
心苦しいけど、早く戦争を終わらせるにはそうしてもらうしかないのかもしれない。
でも死者は出てないみたいだから、そこは嬉しいかな。
（ロザリー、イノブルク国から女王が来ているぞ）
「うん、今行く～」

時々イノブルクの様子を見に行ってるけど、復興がすんごい順調なの！　三人の聖女も順調に育ってるし、街並みもずいぶんと元通りになってる。今日も順調にいってるって報告ね。

「お久しぶり、ロザリー。元気だったかしら？」

「ええ、お久しぶりです女王様。私はいつでも元気ですよ？」

「うふふ、とてもいい事だわ。じゃあ良い事ついでに、イノブルクの良い事も話そうかしら」

「何かあったんですか？」

「ええ、少し遠いけれど、王族と血の繋がった男子が見つかったの。まだ子供だけれど、数年もしたら立派になってくれるはずだわ」

「見つかったんですか！　おめでとうございます。これでイノブルクは安泰ですね」

「あなたには心配をかけっぱなしだったわね。本当にありがとう」

女王様が頭を下げる。

「や、やめてくださいよ～、昔はよくお世話になりましたし、せめてもの恩返しですから」

見つかった男子は今はイノブルクの地方に住んでいるらしいけど、両親は領民から慕われていて、つつましく暮らしているのだとか。

両親がしっかりしていれば、きっと子供も立派にそだ……育たない例もあったけど、おおむね育つわよね？

ふ～、これでイノブルク国の心配事が一つ減ったわね。

後は復興が順調に進む事を祈るだけね！

（時に女王、女王は再婚はしないのか？）

「えーっと、女王様は再婚はなさらないんですか？」

「この年ではもう無理よ」

「まだまだお若いと思いますが」

「子供のほとんどを失い、夫も亡くしたわ。もう……無理よ」

「……ごめんなさい」

「ああ、ロザリーが謝る事じゃないわ。心配して言ってくれてるのはわかっているから」

無神経な事を聞いちゃった。コンティオールも珍しく『しまった』って顔してる。

「それよりも、ほら、イノブルクで作ったお菓子を持ってきたわ。一緒に食べましょう？」

美味しくお菓子を頂いて、なぜか私とマックスの話で盛り上がっちゃった。

そういえばみんな、私とマックスが話しているとどこかに行っちゃうのよね。

何でかしら。

その後も毎日○○を攻略した、とか、首都まであと一歩! とか送られてくる。

でもさ、その割に時間がかかってない?

「ねえコンティオール、ザノフ皇国ってそんなに大きな国なの?」

(国自体は大きいはずだ。しかし攻め始めて三十日近くが経つ。そこまで時間はかからないと思うが)

「じゃあ何で?」

(……知らん)

「もぅ、マックス達元気でいるのかしら」

私は知らなかった。

順調だという報告しかこない時は、必ず何かいけない事が起きているって事を。

そしてその報が届いた時はもう、取り返しがつかないという事も。

「え? 敵の数が十二万人? どういう事⁉」

ある日の報告で、敵の総数が書かれていた。

最初は五万人だったけど、ロザリア国に連続で攻め込んだせいで半分近くまで減っていたはず。

それがいきなり数倍に跳ね上がってる。

「何かの間違いじゃないの？　聞いていた話と全然数が違うわよ？」

「いえ、間違いなくそう書かれております。まだ詳細はわかりませんが、何らかの変化があったものと思われます」

兵士も戸惑いながら報告してる。そりゃそうよね、楽勝のはずが大ピンチじゃない！

「ねえコンティオール、何か理由に心当たりはない？」

（俺に言われても困るが……それだけ大量の兵を隠しておく事は困難だ。ならば援軍が来たと考えるのが一番妥当だと思うが）

「援軍？　ザノフ皇国と軍事同盟を結んでいる国から？」

（ああ。それと恩を売っておきたい国だな）

「恩を？　そんなに魅力的な国なのかしら」


「そうですな、ザノフ皇国に手を貸す国となるといくつか思いつきますぞ」

外国の事情ならこの人、と行商人さんを呼んだ。

そして手を貸す国をいくつか挙げてくれた。

「以前ザノフ皇国の王太子、カルメロ王太子がいらしたそうですが、その時に一緒にいたという三人のうち、二人は手を貸すかもしれませんな」

「え？　でもあの時は仲が悪かったわよ？」

「王太子同士は仲が悪くとも、国としてはそうでもありません。例えば、騎士のような姿をしたルネ王太子の国、ハンザ軍国家などは、ザノフ皇国と軍事協定を結んでおりますし、頭にターバンを巻いたアラディブ王太子の国、アルバス王朝はザノフ皇国と貿易が盛んです」

そ、そうだったんだ。面倒くさい国だから、周りから嫌われてると思ってた。

でも軍事協定とか貿易とかで関わっているなら、確かに国としては見捨てられないわね。

「その二国だけ？」

「いえいえ、他にもザノフ皇国と仲のいい国はありますので、えー敵の数は十二万人でしたか、恐らくは四、五か国は援軍を出したと考えられますな」

「そ、そんなに？　じゃあ急いで私達も援軍を向かわせないと危ないわ！」

（どこにだ？）

「どこって、ザノフ皇国に決まってるじゃない！」

（そうじゃない、援軍はどこにいるんだ？）

「……あ、ロザリアはほとんどが出払ってるし、他の国からの援軍っていっても私じゃどうしようもない……」

「以前現れた天使様にお力を貸していただいては？」

「ダメなの。天使達は国の防衛のみに協力してくれる約束だから」

「そうでしたか……これは困りましたな」

どうしよう……このままじゃみんなが……マックスやお爺ちゃんが危険だわ！

私が直接行って……でも私じゃ力になれないし、コンティオールとオードスルスを連れていったら……

（ふぅ、仕方がないな。裏技を使うか）

「何か手があるの？」

（ない事もない。だがロザリー、お前にも働いてもらう）

「あったり前じゃない！　みんなが危ないっていうのに、私だけノンビリしてられないわ！」

（わかった。では出かけるとしよう）

そうして連れてこられたのは城壁の外にあるダンジョン入り口。

「へ？　何でいまさらダンジョン攻略をするの⁇」

（いまさらする意味はないだろうが……一階で話をして、ダメなら最下層へ行くぞ）

一階？　最下層？　……あ！

「な～るほど、そういう事ね」

（そういう事だ）

【わーい、久しぶりにあそべる～】

そうとわかれば急いで潜るわよ！


（ハァ～……）

「な、何よコンティオール！　そんなに大きなため息をつかなくても良いじゃない！」

（どうしてお前は……）

「だ、だって張り切るでしょ⁉　みんなが危ないんだから、力いっぱい張り切っちゃうでしょ‼」

【にぎやかだったね～】

「そ、そうよねオードスルス、賑やかなのは良いわよね？」

ふう～。今回はヤバかったわ。流石《さすが》に目の前が真っ暗になっちゃったもん。

（せっかく作った魔晶石も全て使い切ってしまったな）

「あ、あれはまた作れるから良いじゃない。そんな事よりも、早く応援に行かないと！」

何とか誤魔化して、私とオードスルスはコンティオールにまたがって、ザノフ皇国に繋がる地下通路に入った。

う〜ん、コンティオールに乗っていると速いわね〜。あっという間に着いちゃった。

地下通路の出口を守っている人に前線の場所を聞いて、馬で走っても三日はかかるところを、コンティオールに乗るとすぐに着いちゃった。

たてがみの中に入ると温かくて気持ちがいい。

（見えたぞ、あれだ）

顔を出すと、味方の部隊の前には大量の敵兵が陣取り、今にも囲まれそうになっていた。

何とか持ちこたえてるみたいだけど、こんなに数が違うんじゃどうしようもないじゃない!!

「そんな！　もう少しだけ頑張って！　みんな！　私の味方を助けてあげて!!」

契約に則《のっと》り、私の祈りに答えてくれた存在が順番に姿を現す。

上空で風が螺旋《らせん》を描き、その中から四本足の巨大な鳥のような生物が姿を現した。風龍ヴェントノートだ。

川の水が荒れ狂い、氾濫《はんらん》した水の中から、巨大なヘビのように長く頭に角を持つ龍、水龍アクアノートが来た。

何もない空間に火花が飛び散る。火花は次第に大きくなり巨大な炎の輪を作る。その中から現れたのは、全身に炎をまとった太い四本の足を持つ者。炎龍フィアンマノートだ。

敵兵が集まる場所の地面が隆起する。大地は裂けながら隆起し続け、敵兵が転がり落ちていく中で巨大な甲羅が姿を現す。山のように大きなカメ、地龍グランドノート。

「四属性の龍が勢ぞろいね！　さあみんな！　やっておしまい！」

龍達が敵陣へ向けて攻撃を開始した。

風龍ヴェントノートは竜巻を起こし、水龍アクアノートは水流で洗い流し、炎龍フィアンマノートは焼き尽くし、地龍グランドノートの巨体は歩くだけで災害だ。

(まるでこの世の地獄だな)

「地獄でも何でもいいから、早くみんなの所へ急いで！」

敵に囲まれそうだったから、流石《さすが》に今度は被害者が出てるかもしれない。

もう！　私がもっとしっかりしてたらよかったのに！

「おお、嬢ちゃんか。どうしたんじゃ？　こんな所へ」

「お爺ちゃん！　マックスは？　マクシミリアン王太子はどこ⁉」

「マクシミリアン王太子ならほれ、あそこにおるぞ」

指差した先ではマックスが剣を振るっていた。

ちょっと！　何でマックスが三人も相手にしてるのよ！

「コンティオール！　オードスルス！　お願い！」

コンティオールが駆けだして、マックスの横を通り過ぎる。それだけで一人が地面に倒れる。

そしてオードスルスが細い水の線で二人を吹き飛ばした。

「マックス！」

私はマックスに飛びついた。

「大丈夫⁉　怪我してない⁉　あ！　ほらこれ聖なる木の実を食べて！」

無理やりマックスの口に果物を押し込んだ。

何かモゴモゴ言ってるけど、しっかりと呑み込んでくれた。

ふ～、これでひとまずは安心ね。

「ろ、ロザリー、こんな場所まで来てどうしたんだい？　国で何かあったの？」

「く、国じゃないわよ！　敵の数が跳ね上がってるから、慌てて応援を連れてきたんじゃない！」

「増援、やっぱり君が連れてきたんだね。でもそうか、心配をかけてしまったね、ゴメン、ロザリー」

「ううん、いいの。マックスが無事だったんだから」

「イヤ、そうではなく……」

「？　どうしたの？」

「実はね……敵の数が増えてもどうって事なくて、順調に戦っている最中だったんだ」

「……へ？」

「ロザリア国で作られた鎧が想像以上に強くて、矢はおろか剣も通らないんだ。だから数が多くてもなんて事なくって……だから応援の必要は……その」

　マックスがチラリと龍達を見た。

　龍達は相変わらず暴れていて、天変地異どころの騒ぎじゃなかった。

「よ、余計な事……しちゃった？」

「イヤイヤイヤ、応援に来てくれた事は本当に嬉しいよ！　それに人間相手なら戦争を仕掛けてくる国はあっても、龍や天使がいる国を襲おうなんて国、ないと思うからね。ロザリア国は安全になると思う」

　でも再びチラリと龍達を見た。……うん、きっと私も同じ事を思ってるわ。

「ちょっとやり過ぎちゃったね」

龍達が暴れてるから、兵達は後始末を始めた。

敵兵を一か所にまとめたり、指揮官や貴族が交じっていたら別の場所に集めたり。

途中からは武器を捨てて、助けを求めてくる姿は可哀そうとすら思ったわ。

「これで全員投降したか？」

「ハッ！　動いている者は全て投降しました！」

気がついたら戦いが終わってた。

そして私達の周りには四体の龍がお行儀よく座っている。

「また……また我《われ》は人に召喚されてしまったのか……」

――お主だけではない。四龍神が呼ばれたのだ、潔く諦めるのだ。

水龍アクアノートと地龍グランドノートが愚痴ってるわ。

「ご、ごめんね？　ダンジョンの地下で召喚する時に、超強い人来て！　ってやったらみんなが来ちゃって」

「私達を呼び出すなど、本来は一体でも不可能なのですが……」

「人の中にも俺達を使役できる者がいたとはな。長生きはするものだ」

風龍ヴェントノートと炎龍フィアンマノートが呆れるやら驚くやら……？

「あ、もう戦いは終わったから帰っても大丈夫よ。ありがとうみんな！」

「三度目はないからな！」

——今度はダンジョンで会おうぞ。

「私はまた旅に戻るわ。じゃあね、可愛いお嬢さん」

「俺も戻ろう。さらばだ、小さき人間よ」

来た時と同じように、風に乗り、水に入り、地面に潜り、炎の円の中に消えていった。

やっぱり強いわね〜龍って。お陰で戦いは終わったし、後は帰るだけね！

「みんなお疲れ様！　これで戦いは終わりよね、帰ったら祝勝パーティーでもする？」

マックスもお爺ちゃんも、コンティオールとオードスルスでさえキョトンとしている。

「嬢ちゃん、まだ首都を落としていないから戦争は終わっておらんぞ？」

「へ？」

「まぁほぼ勝負はついていますが、一応は首都を落とさないと……ね？」

（早合点にもほどがあるぞ）

周りの兵達もウンウンうなずいてる。

……きゃ〜〜!!　また変な事言っちゃったー!!

近くにいたマックスの背中に隠れた。背中に隠れたけど、マックスに抱き付いてから、ずっと手は握ったままだ。べ、別に良いわよね？　握っていたいんだもん。

「ほ、ほらロザリー？　首都に行けば終わると思うから、今から行って終わらせてしまおう」

ザノフ皇国の首都に入ると、本当に終わっていた。

さっきの戦いは首都からでも見えた上、物見や逃げてきた兵士達の報告で戦意はダダ下がり、誰もが降伏を受け入れたらしい。

細かい話はみんなにまかせっきりだったけど、なぜか私はザノフ皇国の人からも聖女様バンザイと言われた。

えっと、この国にも聖女はいるはずだけどな？

まぁ聖女と呼ばれるのは構わなかったけど、国に戻ってからすごく嫌な仕事が発生した。

それは……戦後処理だ。

第五章　戦後処理と夢と現実　～何で現実は厳しいのよ！～

戦後処理。

それは戦争に参加した全ての国が行うのだけど、今回はロザリア国は被害国でありながら戦勝国となり、主戦力ではないのに最も戦果を挙げた事が、問題をややこしくしてしまった。

「ねぇ隊長さん、捕虜の扱いってさ、返すだけじゃダメなの？」

「返すには身代金をもらわなくてはなりません。そうでないと、相手国に舐《な》められてしまいます」

え～……そんなのいいじゃない。

会議室でずーっと書類とにらめっこしてるけど、もう訳わかんない。

「ねぇお爺ちゃん、土地の占有権って言われても、ザノフ皇国の土地なんている？」

「ロザリア国が一番戦果を挙げたのじゃ。その国が多くを取らずにどこの国が取るのじゃ？」

たって遠いじゃない……まだココの土地だって余ってるのに。

「ねぇ若奥さん、支援物資の請求とか、どこにしたらいいの？」

「一番多く請求するのはザノフ皇国でしょうね。残りはザノフ皇国の援軍に来た国かしら。配分はお任せします」

配分って言われても、わかんないから適当にやっちゃお。

「ねぇマックス、怪我をした兵士の補償って各国でやるんじゃないの？」

「その分も敵国に請求するからね。ボッタクリ価格で請求しておけばいいよ」

な、何だか詐欺師になった気分だわ。

他にもいっぱいあって、私の頭はずーっと沸騰している。

誰⁉　普段頭を使わないから知恵熱が出るなんて思ったのは‼

(自分で思って、自分で突っ込むとはやるじゃないか。立派な芸人になれるぞ)

「ならないわよ！　もう！　コンティオールも手伝ってよ！」

(ほほぅ、猫の手も借りたい状況か？)

「獅子《しし》の手くらい貸しなさいよ！」

(いいぞ。ほら)

「ちょっ⁉　頭の上に手を置かないの！　お、重いんだから！」

でも肉球がプニってててチョット気持ちいいかも。

しかもヒンヤリしてて……頭の熱が下がっていくわ〜。

「聖女様、手を休めている暇はありませんぞ？」

「わ、わかってるわよ行商人さん」

ううっ！　大人の世界って厳しすぎるわ！

もうちょっと気楽に、和気あいあいと仕事ができればいいのに！


「あ〜……しみる〜」

（年寄りみたいな事を言ってるな）

「だってお風呂って気持ちいいじゃない。頭までお湯につかって〜ブクブクブク」

（潜るな！　今潜ったら溺《おぼ》れるぞ）

大浴場を作って正解だったわ。やっぱり一日の疲れはお風呂で癒さないとね。

頭を上げて体をお湯に浮かせる。コンティオールはシッポだけお湯につけて暖まってる。

最近は仕事が忙しかったせいか、あんまりお菓子を食べていなかったらお腹が引っ込んでくれた。

もう少ししたら元の体型に戻るわね。

うんうん、お腹をこう、キュッと引っ込めて、胸がバーンと……バーン……

何の障害物もなくお腹が見える。

胸がバーンてなる前にお腹がバーンってなっちゃったもんね……ぐっすん。

マックスは胸が大きい方が好きなのかな。

ふと、マックスとキスをしそうになった夢を思い出す。

あれ⁉　そういえばそんな夢を見たわ！　あの時は忘れてたけど、何で今になって思い出すの⁉

どうせならお爺ちゃんとマックスがキスをした方が……あれ？　何かすごく嫌だ。

……あれぇ？

お爺ちゃんとマックスが見つめ合うのを妄想してハァハァできたのに、何で今は嫌なの？

何だか悶々《もんもん》とするし胸がチクチクする。

次の日もみんなで戦後処理をしてるんだけど……隣にいるマックスをまともに見られない！

何で⁉　どうしちゃったの私！

「ロザリー？　どうしたんだい、顔が赤いよ？　風邪なら休まないと、ほらこっちへおいで」

マックスが手を差し出して、私をベッドに連れていこうとする。
ノ、ノー!!　ななな、何する気なの⁉　わ、私と……手を繋ぐ気なのね！
思わずマックスと距離を取っちゃった。

「あ、す、すまない。突然女性に触れるなんて失礼だよね」

えっとえっと、違うの、違うけど違わなくて……触られたら何か……壊れちゃいそうで……

「あ！　えっとね、風邪じゃないの。その、ゴメン！　やっぱり休む！」

寝室まで全速力で走ってベッドに飛び込む。

は～、は～、危なかったわ。でも、手、握りたかったな。ど、どうしちゃったの私。

気がついたら朝になってた。いつの間にか寝ちゃってたのね。

ん～、ん～、ん～！　はぁ、何でマックスの事が気になっちゃうんだろう。

でもまさか、私がお爺ちゃんのライバルになるなんて思ってもいなかったわよ。

ああ違うわよね、私が勝手にお爺ちゃんとマックスのカップリングを妄想してただけでも今はマックスの事を考えると胸が苦しい。

もう……どうしろっていうのよ。

あーもうやめやめ！　こんな事を考えてもどうしようもないわ。

そうよ、マックスが気になってるってバレなきゃいいのよ！

「そう！　マックスが好きってバレなければ問題ないわ！」

そう言って一気に体を起こした。うん！　すがすがしい朝だわね！

「そうか。それならすまない、知ってしまった」

「えー待ってよ、この事はマックスには内緒に……⁉」

マックスがベッド脇でイスに座っていた。

「きゃー‼」

布団を抱きかかえて後ずさってしまった。ななな、何でマックスがここにいるの⁉

「驚かせてしまったね。昨日のロザリーが気になったから様子を見に来たんだ。そしたら聖獣殿が『後は任せる』と言って、どこかへ行ってしまったんだ」

あ、あのバカ猫！　マックスを、よりによって本人を部屋に招き入れてどうするのよ！

あわわわわ、あ、髪変じゃないかな、寝ぼけて変な顔してないかな。

「そ、そうだったんだ。それなら仕方がないわよね、うん」

前髪を引っ張りながら勝手に納得した。

マックスがいる理由は納得したけど、後でコンティオールはお仕置きね。

「ロザリー、体調は大丈夫かい？」

「え？　ああうん、そうね、大丈夫だと思うわ」

「そうか、よかった」

安心した顔のマックス、カッコイイ。

「それでその……僕の事を好きっていう話なんだけど……」

照れてるマックス、カッコイイ。って、え⁉　この流れはまさか⁉

え？　え？　もしかしてオーケーして……

「今はまだ、僕からは何も言えないんだ。すまない……」

ん？　私、振られちゃったの？　まだ正式な告白すらしてないのに、振られちゃった？

で、でもそうよね～、マックスは王太子だもん、簡単に他国の女と付き合うなんてできるはずないわよね～はははは～……はは。

「だ、大丈夫！　気にしないで！　私が勝手に勘違いしてただけかもしれないから！」

そうそう、私が勝手に盛り上がってただけだし、これ以上はマックスに迷惑をかけちゃうわよね。

それに王太子なんだから、もうこ……こここ、婚約者がいるかもしれないし。

「さあ！　今日もお勤めを頑張りましょう！」

今日も今日とて戦後処理よ！　さあバンバンやっちゃうわよ！

「行商人さん、こっちの処理は終わったから、後はお願いします」

「かしこまりました」

「隊長さん、捕虜と怪我人の補償ですが――」

「なるほど、それで行きましょう」

「若奥さん、ザノフ皇国の王族と貴族への処罰ですが――」

「わかりました、そう指示しておきます」

ふ～、やっぱりできる女は違うわね！　どんどん仕事が進んでいくわ！

えーっと、次はっと……!!

「ま、ま……マックス？　これなんだけど……」

「うん、ザノフ皇国の占有比率だね。決まったかい？」

「えっと～、あれ？　ごめん、まだだった」

ダメだーー!!　マックスの顔を見られない！　ううっ、しょうがないじゃない子供なんだから。

あ〜う〜あ〜う〜。しっかりしろ私！　頭を抱えてても問題は解決しないわよ！

そう！　私は（きっと）強い女！　将来は鋼の聖女と呼ばれるのよ！

「ロザリー、この書類なんだけど」

「ひゃい⁉　何でしゃうかマックシュ！」

マックスに呼ばれてビビりまくった。今はコンニャクの聖女ね。

（どうしたんだ？　今日はずいぶんと面白かったじゃないか）

「何よ面白いって」

夕食が終わって居室でくつろいでいると、コンティオールが失礼な事を言ってきた。

全然面白くなかったわよ！　こっちは一生懸命平静を装《よそお》ってたのに！

（装《よそお》えてなかったがな）

「え⁉　嘘！」

（みんなは仕事がはかどって喜んでいたが、爺さんもオードスルスも首をかしげていたぞ）

か、隠せてなかったー！

「だって……だって……」

(マクシミリアン王太子と恋仲になったんじゃないのか)

「なれなかったわよ！　コンティオールのバカバカ！　勝手に後は任せたって出ていたりして、私フラれちゃったじゃない!!」

枕でコンティオールを叩きまくった。

もう！　こんなんじゃ恨みは晴らせないじゃない！

(何？　ちょっと待て、フラれた？　どういう事だ)

「それはこっちのセリフよ！　私が勝手に勘違いしてただけじゃない！」

(いやそれは……イテ！　口を噛むな！)


翌日の戦後処理はマックスがいなかったから平穏だった。

いないから平穏って何よ。そもそもマックスがいないのはハーフルト国へ戻って、戦果の調整をするためじゃない。

仕事よ、仕事！　私が避けられてるわけじゃない！　……ハズ？

「これで大体の振り分けはできましたな。後は各国で調整してもらえばいいでしょう」

「ん～……はぁ。こんなにデスクワークをするとは思っていませんでした。すぐにでも剣の訓練を始めたい」

「でもこれで戦争は終わった、という事でいいんですよね？」

ウチの重鎮三人も処理が終わってホッとしてる。

行商人さんはまだしも、隊長さんは背伸びして骨がコキコキ鳴ってるし、若奥さんは終わった達成感で微笑んでる。

「それにしても敵味方で被害の違いが激しいのぅ。こっちはほぼ無傷なのに、敵さんは壊滅状態とは」

（装備も違えば種族も違うからな。四体の龍が出てきた時のあいつらの顔、今でも覚えているぞ）

「全く動かない人とか、泣いてる人もいたわね」

戦後処理が終わってノンビリ雑談をしてる。あ〜、ずっとこんな感じだったら楽しいのにな〜。

もう戦争なんてこりごりだわ。

それからしばらくは仲間だった国のお偉いさんが頻繁に会いに来たけど、何でか必ず王子様が一緒に来たわね。

歳が近い人がいた方が、仲良くなれると思ったのかな？

でも今はね……おじさんの方が安心して話ができるのよー！

歳が近い人はトラウマが、トラウマがーー!!

「あれ？　そういえば最近は新しい装備に祝福をしてないような気がするわ」

（装備の祝福は一通り終わっているぞ。予備も十分にあるし、これ以上は必要ないだろう）

寝る前にふと思ったけど、そっか、考えてみれば兵士の損失もないし、装備も減って
ないのなら大丈夫ね。

明日も平和にのほほんと暮らせますよーにっ。


いつも通りに目が覚めて、アクビをしながら顔を洗い、着替えて居室に向かった。

まだ寝ぼけてフラフラ歩く私を、コンティオールが体で支えてくれる。

「ありがひょ……ふわぁ」

（そのうち階段から転げ落ちそうだな）

「その時は守ってね～」

（体重が軽くなったら支えてやろう）

「んー！　ん～！」

前足を両手で叩いたけど、何笑ってんのよもぅ！

そんなやり取りをしながら歩いていると、お城の玄関のあたりから大勢の人の声がした。

はて？　敵国だった人が陳情にでも来たのかしら。

でも今はお腹が空いてるから朝ご飯を食べてからね。

「おはようお爺ちゃん、オードスルス」

「おはよう嬢ちゃん」

【ママーおはよー！】

食堂のイスに座ると、順番に料理が並べられた。

「何か今日は騒がしいわね」

「そうじゃな、何かあったのかのぅ」

（全員聞いた声だが……どうやら面倒な事が起きそうだぞ）

「え～？　そういうのは後にして。今はご飯を楽しみたいの」

パンと温かいスープを口にして、私は目を細めてしみじみと味わう。

幸せよね～、家族とゆっくり食べるご飯って。

（残念ながらそうもいかないようだ）

コンティオールが不吉な事を言うと、唐突に食堂のドアが開いた。

「聖女ロザリー様！　私と結婚してください！」

「いや！　ぜひとも私と結婚を！」

「ええいどけ、お前達！　聖女ロザリー、私と結婚するのです！」

「お前達は何もわかっていない！　さあロザリー、僕の手を取って！」

ああ、確かに見た事のある顔だわ。前にお偉いさんと一緒に来た王子達ね。

それにしても何を言っているのかしら？　結婚？　誰が？　誰と？

目が覚めたばかりで、私の頭はまだ回転が鈍かった。

「嬢ちゃんは人気者じゃのう。四人から同時に結婚を申し込まれるとはの。ほっほっほ」

え？　私が？　この四人から？　結婚を？　申し込まれてる？

「何で？」

大体この王子達は一度会ったきりで、どうして結婚なんて申し込もうと思ったの？

私が美少女だからかな？　流石《さすが》は私ね、一度会っただけで男性を虜《とりこ》にしてしまったわ。

(違うだろ)

「うるさいわね！　傷心中の少女が軽い妄想を楽しむくらい良いでしょ！」

(お前の妄想は時々やらかすからな)

「ぐ……ふ、ふ～んだ、それが良い方に転んだ事だってあるも━ん」

「聖女ロザリー様！　さあ私の花をお受け取りください！」

あ、すっかり忘れてたけど、今私は求婚されてるんだった。

でもな～……順番に顔を見るけど、四人ともマックスのカッコ良さには遠く及ばない。

もちろんお爺ちゃんにも届いてない。つまり……この四人では妄想がはかどらない‼

ダメね。妄想がはかどらないなんて対象外だわ。

「さあロザリー！　僕の国で豪華な結婚式を挙げよう！」

あれ？　私ひょっとして、向こうの国に嫁《とつ》ぐように言われてる？

いやいやそれはないわよ。だって私がいなくなったらこの国はどうなるの？　代わりの人なんてそうそう……優秀な人はいっぱいいるけど。

そうじゃなくって、私はこの国を作ったんだし愛着もある。

それを他の人に渡すなんて気はさらさらない。

それくらい考えればわかると思うんだけど……あ、私の聞き間違いかも？

「えーっと、一つ確認なのですが、仮に結婚するとして、この国に住むんですか？」

「安心して良いよ、たまには遊びに来ても良いから」

「里帰りは年に二回までだね」

「この城は別荘扱いになる」

「何を言っている？　僕の国に来るに決まっているだろう？」

はい、アウトー！　しかもきちんと答えてるのは一人しかいない！

向こうでこき使われるのが目に見えるわ！

つまりはこの国が欲しいのね。誰がやるもんですか！

「あなた方がこちらに住むのなら少しは考えましたが、そちらに住むのでしたらお断りします」

はぁ、これで諦めて帰ってくれるといいんだけど。てか帰ってほしい。

そして王子達が声を揃えて出した言葉がコレだった。

「なぜだ？」

本当にわかってなかった！　何で不思議そうに首をかしげるのよ！

私、こう見えても国王なんですけど……？

やっぱりアレかしら、小娘だから言いくるめられると思われてるのかな。

頭痛くなってきた。

「あの、帰っていただけますか？　これ以上話をしても意味がないと思いますから」

「な!?　何を言っているんだ！　僕と結婚できるのだぞ!?　王妃になれるのだぞ!!」

いいえ、もう国王なんです。

「はっはっは、君は照れているんだね。私の甘いマスクはいつ見ても美しいから」

いえ、マックスの方が甘いです。

「どうしたんだい？　我が国とロザリア国が一つになれば、怖いものなしなんだよ？」

いえ、もう怖いものなしなんです。

「ウダウダ考えなくていい。お前は僕の言う事を聞いていれば問題はない」

いえ、大ありなんですが。

どうしよう！　この王子達って温室育ちもいいとこだ！

自分の意見が絶対で他は従うものだと思って疑ってもいないわ！

えーっと、こういう場合はどうしたらいいんだろう。

じっくりと？　話し合い？　したらわかってもらえるかな？

「ちなみに嬢ちゃんは、この中に好みの者はおるのかのぅ？」

「ううん、全然タイプじゃない」

お爺ちゃんに言われて答えると王子達の顔が固まった。おほ、ちょっといい気分。

王子どころかお付きの人までオロオロしてる。

でもどうしよう。このまま帰る気はないみたいだし、かといって一応は味方だったから力ずくでは追い出せないし。

「あら～？　騒がしいから見に来たら、コレはどういう状況なのかしら？」

若奥さんが食堂に入ってきた。

おお！　若奥さんなら追い出すいい案があるかもしれないわ！

ヒソヒソ話で経緯を話すと、若奥さんも首をかしげてた。

「一般的に王子はワガママですからね、基本的にこちらの言う事なんて聞かないんですよ」

「え？　でもマックスはすぐに仲良くなれたわよ？」

「あの人は特別です。あの若さですでに国王クラスの威厳がある人ですから。このボンボン達と比べたらダメです」

そうだったんだ～。私の基準となる王子がマックスだったから、特殊な王子以外はあんな感じだと思ってた。う～ん、流石《さすが》だわマックス。

「えっと、じゃあこの場はどうしたら……？」

「どうしましょうか。お茶でも出して、適当にお話しして帰ってもらいましょうか？」

う～ん、それしかないのかな。できればもう会いたくないんだけど。

仕方がない、ここはお茶でお茶を濁す作戦しかないわね！

「み、皆さん遠路はるばるお疲れでしょう？　ひとまず休憩してお茶でも飲みませんそして我が国自慢のお菓子を食べさせて、少ししたら帰ってもらおう。

「いや、私は甘いものは苦手だから」

「紅茶やコーヒーは苦手です。酒ならば」

「お菓子が食べたいのかい？　じゃあ我が国自慢のお菓子を取り寄せよう」

「菓子など子供の食う物だろう」

うわ！　感じワル！　お菓子は美味しいのよ？　心まで癒されるのよ？

こいつらはわかってないわ！

「何やら賑やかですね。ロザリー？　大事な話があるのだが、後にした方が良いかな？」

マックスがいる！　きゃーきゃー！　この王子達を見た後だと、余計にかっこよく見えるわね！

しかも良い感じに大事な話があるですって？　もちろん聞きますとも！　今すぐに！

「コホン。ようこそマックス、大事な話とあれば聞くしかありませんね」

ふぅ～、これで少しは気が休まるわね。

……でも大事な話って何だろう。振った女に追い打ちなんてしないわよね？

「ありがとう。人払いをするか、場所を変えたいのだが……」

「わかったわ。みんな出ていって、ほらほら早く早く」

王子達とそのお付き達を追い出そうとしたけど、全然出ていく気配がない。

？　コトバ、ツウジマスカー？

「妃が夫に内緒話とは頂けない。私は出ていかないぞ」

他の三人もうなずいてる。誰が妃よ誰が！

「じゃあ場所を変えましょう。確か会議室が空いていたわ」

マックスの手を引こうとしたら、逆に引き留められた。

あれ？　マックス？　何か少し怖い顔になってるわよ？

「君達……まさかロザリーを取り込むつもりなのか？」

ああ、やっぱりそうよね、わかっちゃうわよね。

「そういう事ならここが良いだろう。ロザリー、すまないがここで話をするよ」

「え？　ええ構わないわよ」

大事な話って言うからてっきり政治向きの話かと思ったけど、別に聞かれても良いのかしら。

マックスがしゃがんで片膝をついた。……え？　何どうしたの？

「ロザリー、僕は以前、君の独り言を聞いてしまった。その事に対して正式な謝罪をしに来たんだ」

目の前が真っ暗になった。

謝罪……正式な謝罪……？　つまり、この場で私は完全に振られて捨てられるのね。

ああ、それで王子達に譲るから、この場を選んだのかしら。

「あの時の僕は王太子だったから、君の好意を受け入れる事ができなかったんだ。本当にすまなかった」

片膝をついたまま頭を下げた。良いわよそんな事。振るんなら振るで、そっとしておいて。

「そして次からは君への質問になるんだけど、答えてくれるかい？」

「ええ……もう何でも言ってちょうだい」

さらに鞭《むち》を打つつもりかしら……ひょっとしてお爺ちゃんとの妄想を怒ってるのかしら。

そうよね〜、嫌だよね〜。

「ロザリー、君は長男が好きかい？」

？　意味がわからない質問ね。長男？　特に考えてなかったわね。

「別に好きでも嫌いでもない……かな」

「じゃあ次の質問だ。国王になる権利を捨てた僕をどう思う？」

国王になる権利？　何言ってるのよ、マックスは第一王子で、王太子なのよ？

それを捨てるだなんて……⁉

「王位継承権を捨てたの⁉」

「流石《さすが》に王族だからね、捨てる事はできないようだ。しかし、継承順位を下げる事はできた」

??　そんな事をしてどうするの？

「あの、どうしてそんな事を？」

「これで僕は、自由に結婚する女性を選ぶ事ができるようになったんだ。ロザリー、僕と結婚してほしい」

エピローグ　幸せを求めて

「これで僕は、自由に結婚する女性を選ぶ事ができるようになったんだ。ロザリー、僕と結婚してほしい」

そう言ってマックスは花束を取り出して、私に差し出した。

え？　……え？　どゆこと？　私ってば振られたんじゃなかったの？

でもマックスの目は真剣だし、ウチの重鎮達の顔を見たら嬉しそうな顔してるし……

ドッキリではないみたいだけど。

「ま、マックス、私を振ったわけじゃなかったの？」

「以前は誤解させるような言い方をして、本当にすまなかった。僕はロザリーを……す、好きなんだ。独り言を聞いた時は飛びあがりたいほど嬉しかったけど、年上として……必死に冷静を装《よそお》っていたんだ」

そ、そうだったの？　じゃあ何でダメだなんて、あ、そっか、王太子だからダメだって言ってたわよね。それで王位継承順位を一番低くまで落として私に……って⁉

「そうよマックス！　どうして継承順位を下げてまで私に結婚を申し込むのよ！　陛下や王妃様は大丈夫だったの？　喧嘩になったりしてない？」

「それがね、僕が思っていた以上に簡単に承諾してくれたんだ」

「そ、そうなの？」

「ああ、ロザリーとの結婚を祝福すると言って喜んでいた」

へ、へ～祝福してくれるんだ。ふ～ん、へ～、ほ～、えへへへ。

「そ、それじゃあ……私と……け、けっ、結婚！　結婚する？　結婚して！」

わわわ、何言ってんのかわからなくなってきた。

あ、あれぇ～？　私ってば予想外な事に戸惑いまくってない？　嬉し恥ずかしでどんな顔してるのかわかんなくなってきた！

両手で顔を覆うと、マックスがそっと手首を掴んで優しく手を開かせた。

「ロザリーありがとう。この花束、受け取ってくれるかい？」

渡された花束はカーネーションだ。

色とりどりのカーネーションの中に、珍しい色が混じっている。

「青っぽいカーネーションなんて初めて見たわ。こんな色があったのね」

「それは作るのがとても難しい色なんだ。でも僕達にふさわしい花言葉を持っているんだよ」

「どんな？」

「……の……だよ」

「私、幸せになっていいの？　ずっと聖女をやってて世間知らずで、国を追放されて、荒野に国を作ったら祖国から襲われて、その後も戦争や争い事ばかり、それに……」

マックスに抱きしめられた。

温かい。ふわふわする。良い匂い。心臓の鼓動が聞こえる。

ドキドキするのに、とても……とても落ち着く。

「ロザリーは幸せになっていいんだよ。いや、僕が必ず幸せにしてみせる」

「幸せに……してくれる？　約束よ？」

「約束するよ」

涙があふれ出した。

マックスに抱き付いて大声を出して泣き出した。

「落ち着いたかい？」

「うん……ごめんね、いきなり泣いちゃって」

「いいよ。今までの悲しみは全部流してしまって、これからは幸せを築こう」

「ありがとう。よろしくね、マックス」

「こちらこそよろしく、ロザリー」

勝手に勘違いして、勝手に落ち込んだ気もするけど、今は信じられないくらいに嬉しい。

マックスとだったらずっと、私は幸せでいられると思う。

それからしばらくはてんてこ舞いだった。

私に言い寄ってきた四人の王子の国に苦情を入れると、国王が直々に平謝りしてきて、献上品としていろんなものを持ってきて、私とマックスの婚姻を祝福します～、新婚旅行はぜひ我が国に！　とか言われた。たくましいわね！

イノブルク国の女王様からも祝福してもらえた。

「おめでとうロザリー！　ハーフルト国のマクシミリアン王太子のハートを射止めるなんて、一体どんな魔法を使ったのかしら。各国のお姫様が泣いて悔しがっているわよ？」

「そ、そうなんですか？　私、どうやってマックスのハートを射止めたの？」

「そうだね……強いて言うならめげないところに射止められたかな」

「めげないだなんて……もうマックスったら」

「じゃあ僕はどうやってロザリーのハートを射止めたのかな」

「そうね……強いて言うならカッコイイからかしら」

「あらあらご馳走様」

マックスと結婚して数年が経過し、私はソファーに座って大きくなったお腹を撫《な》でている。

「あ、あなたあなた、今お腹を蹴ったわ」

「元気だね。どれどれ」

マックスがお腹に耳を当てる。

「本当だ。何か楽しい事があったのかな？」

「あなたが笑っているから、きっと釣られて笑ったのよ」

「そうか。じゃあロザリーが幸せだから、この子も幸せなんだね」

お腹を撫《な》でながらマックスは微笑んでいる。

（どれどれ、俺にも聞かせろ）

コンティオールが耳を近づけると、またお腹を蹴った。

（ガッガッガッ、元気な奴だな）

【ママー、ボクのきょうだいはいつうまれるの～？】

「もう少し先よオードスルス。その時は可愛がってあげてね」

【うん！】

「あの嬢ちゃんがついに母親か……感慨深くて涙が出てくるわい」

「もうお爺ちゃんったら、生まれてもないのに泣かないの」

「ひ孫じゃ～、ワシの初ひ孫じゃ～」

今私はとても幸せだ。

女王として、聖女として、妻として、友人として……母親として。

あの日マックスからもらった花言葉の通り、きっと私は『永遠の幸福』を手に入れたんだ。

書き下ろし番外編

聖女と聖獣ができるまで

「ロザリー、今のところは大丈夫かしら？」

「はいアリーチェ様」

私は聖女アリーチェ様の指導を受けている。

アリーチェ様は白いワンピースの聖女服、頭には小さな宝石が付いたサークレット。

細身で顔はシワだらけ、だけどとても姿勢が良くて優しい目。

ようやく直接聖女様からご指導を受けられるようになったけど、本当に私でよかったのかしら。

自慢じゃないけど私、座学は全然ダメなのよね。

それにしても今日の礼拝堂は貴族が多いわね、普段は聖女候補を自宅に呼びつけて治療させたり商売繁盛の祈りを強要するのに。

「聖女様こちらに来てください！　作業員が落下したそうです！」

「わかりました、今行きます」

シスターに呼ばれた聖女アリーチェ様が治療に向かうので私も付き添う。

落下？　落下って落下よね。高い所から落ちたって事？

え、それって危険なんじゃないの？

アリーチェ様が担架《たんか》で運ばれた作業員を診る。

私はどんな治療を施すのか見ようとすぐ横に座り……Ｏｈ……足が明後日《あさって》の方向……

背中を強く打ったのか口から血を吐いてる。

「ロザリー、手伝ってちょうだい」

「はいアリーチェ様」

えっと、一緒に治療をするんだけど、この場合は確か……

私はまず血を吐いている原因、体の内側の診察を始める。

聖女の仕事はとても血なまぐさい。

座学でも解剖学があるくらいだし。

手をかざして精神を集中し体の内側を想像する……うん……よし見えてきた……背中を強く打って肺に折れた骨が刺さったのね。それじゃあ、っと。

私は神聖力を注ぎ込み治療を開始する。

「さっきの治療、とても良かったわよロザリー」

「ありがとうございますアリーチェ様！」

うへへ褒められちゃった。やっぱり私はできる女なのね！

と、アリーチェ様に褒められて浮かれていると聞き覚えのある声が聞こえてきた。

「聖女様！　今日の予定は終わりですか？　お茶を飲むのですがご一緒にいかがですか？」

「あらマッシマ、今日の予定は終わりだからご一緒しようかしら。ロザリーもいいわよね？」

「はい、私もご一緒します」

マッシマは私と同じ九歳で、少し前までは同じ聖女候補だった。

私が聖女補佐になった事でほぼ聖女の後継者に決定し、マッシマ達は候補ではなく上級シスターとなっている。

「嬉しいわ。ロザリー様ともお茶を楽しめるなんて」

こんな殊勝《しゅしょう》な事を言っているがこの娘、同じ候補の時は私をいびっていた。

貴族令嬢で座学の成績は良いけど神聖力が少なかったから補佐にはなれなかった、というのが理由らしいけど、私は違うと思ってる。

こんな性格悪いのが聖女になれるわけないじゃん!!


お茶会は平穏無事に終わった。

……ふふっ……ふはーっはっはっは！　勝ったわ！　私の圧勝だったわ！

お茶会で私はマッシマが食べたケーキの倍以上は食べたわ!!

あー美味しかった。ではなく、マッシマめ、私にすり寄るかと思ったら相変わらず嫌味な奴！

貴族令嬢にあるまじき行為だと思うわ！　こうなったら私が聖女になった暁《あかつき》にはマッシマの家の祝福を少なめにしてやるんだから！

「ロザリー、今日は身内の集まりみたいなものだから構わないけれど、他ではあんなにパクパク食べてはダメよ？」

「……すみません、美味しかったのでつい」

聖女って意外と質素な生活なのよね。

聖女服は四季に応じて四種類を数枚のみ、私服なんてお忍びで着る用が数着のみ。

食事だって肉は少なめの野菜メイン。

いえ美味しいのよ？　美味しいんだけどもう少しこう……成長期なんだからわかるでしょ？


マッシマの相手に疲れて自室に戻ると、コンティオールが出迎えてくれた。

「にゃ〜、にゃ〜？　ニャーゴロニャ〜」

あ、これは私が言ってるのよ。子猫のコンティオールは毛が長めで黒と茶の縞模様。捨てられていたのを拾い、私が世話をしている。

だっこすると私の頬に顔を擦《こす》りつけてきた。

「んーコンティオールは良い子ね〜、こうなったらモフモフしちゃうぞ」

ベッドにダイブしてコンティオールのお腹に顔を近づけると、コンティオールは私の頭を舐《な》めてくれた。

「あいた、髪の毛を引っ張らないで〜」

たまに、たま〜に髪の毛を噛んで引っ張るのはご愛敬《あいきょう》ね。

と、ドアがノックされたわ、こんな時間に誰かしら。

「どうぞ」

入ってきたのはアリーチェ様だった。

「わざわざお越しいただかなくても、呼んでくだされば行きましたのに」

「こんな時間に女の子を呼びつけるわけにはいかないわ。それに簡単な連絡だけだから」

そう言って明日の予定を教えてくれた。

どうやら明日は朝のお祈りの前に貴族宅へ向かい、病の治療をするそうだ。

まぁ貴族特権よね、聖女様を自宅に呼べるって。


そして翌朝、アリーチェ様と私は馬車で貴族宅へ向かったけど……中から出てきた人を見て私は目を見開いた。

「ようこそいらっしゃいました聖女様、わざわざお越しいただき恐縮です。ささ、こちらへどうぞ」

小太りの中年男性と若く背の高い男性、そして……マッシマ。

ああ、聞き覚えのある名前だと思ったらマッシマの家だったのね。

私とアリーチェ様が屋敷に入ると、ある場所へと案内された。

まぁ聖女様を呼んだ理由なんだけど、奥様の体調がすぐれないらしく診てほしいとの事だった。

「ここからは聖女様だけでお願いします。お付きの方は部屋の前でお待ちください」

「ロザリーは聖女補佐として来ていますから、私と共に入れたいのですが……」

「妻は人見知りなので、知らない者が増えると安心できないのです」

「そう……ですか。仕方がありませんね。ロザリー？　しばらくここで待っていてくれるかしら」

「わかりましたアリーチェ様」

そして私は部屋の前で一人待つ事になった。

でも貴族の女が人見知りってあるのかしら？　お茶会や裏での勢力争いが大変で、人見知りなんてしてたら簡単に呑み込まれてしまいそうだけど。

「ロザリー、ちょっとこっちに来てくれない？」

マッシマが部屋から出てくると、私の手を引いてどこかへ連れていこうとする。

「待って、私はここでアリーチェ様を待ってないといけないの」

「大丈夫、お母様の治療には時間がかかるから、終わるまでに戻ってくればいいわ」

「だけど……」

「私の妹を診てほしいの。ずっと熱が下がらなくて可哀そうなのよ」

「熱が？」

「ええ、こっちよ」

連れてこられた部屋のベッドで女の子が眠っていた。

まだ小さな子供が熱でうなされてる。

「どんな症状なの？」

「三日間熱が下がらないの。食事も食べれなくて水しか飲んでいないわ」

女の子の額に手を当てて熱を測る……これは……風邪か渡り熱風邪（インフルエンザ）じゃないかしら。

旅人や行商人でもないのに、渡り熱風邪なんて珍しいわね。

と、症状から見るに治療はすぐに終わりそうだわ。

私は神聖力を注ぎながら祈りの言葉を発すると、女の子の呼吸が安定してきた。

「これで今日中に熱が下がると思うから、もうしばらくは安静にしていれば大丈夫よ」

「え？　もう治ったの？」

「完治はしてないけど、急激な体の変化は危険だから今はここまでよ」

「ふ、ふ～ん？　あ！　実はもう一人いるのよ！」

部屋を連れ出されてまた次の部屋に入る。何？　このお屋敷は病人ばっかりなの⁇

今度は使用人の男の子で、仕事中に怪我をして左手の親指に深い傷を負ってしまったようだ。

巻いてあった包帯を外して傷口を見ると、うん、これくらいなら今すぐに終わりそうね。

神聖力と祈りを捧げて……よし。

「終わったわよ。怪我は完全に治ったけど、感覚が元通りになるには数日かかるわね」

「つ、次よ‼」

その後、続けて三人の治療をした。

最後なんて裁縫針で指をチクリと刺した程度の怪我だった。

「もう怪我人はいない？」

「え、えっと、そ、そうね。ま、まぁまぁ役に立つじゃない」

「じゃあ最初の部屋に戻るわね」

何だったのかしら。確かに病人や怪我人はいたけど、それって私が必要な事？　渡り熱風邪は一週間もしたら治るし、怪我は医者に行けば問題ない。

てか、怪我はもう治療済みだったわよね。

「まさかマッシマ……思ったよりも使用人想いの良い人だった？」

奥様がいらっしゃる最初の部屋に戻ってくると、まだアリーチェ様は治療中なのか中から話し声が聞こえる。よかった、間に合ったみたい。

それからしばらくして部屋のドアが開いた。

「待たせたわね、ロザリー」

「いえ、大丈夫です。お疲れ様ですアリーチェ様」

と普通の会話をしたつもりだったけど、マッシマの父親はなぜかとても驚いていた。

どうしたのかしら、はっは～ん、私がお転婆だから大人しく待ってた事に驚いたのね！

私は立派なレディーなのよ！


「ロザリー、ルーダラス伯爵が驚いた顔をしていたけど、何か心当たりはある？」

聖堂に向かう馬車の中でアリーチェ様が聞いてきた。

驚いた顔をしてたわね、あれは私が大人しくしていたから……なわけないわよね。

「どうでしょうか。実はあの時、マッシマに呼ばれて五人に治療を施したんです。ひょっとしてまだ治療中だと思ったら私がいて驚いた、とかかもしれません」

「マッシマに呼ばれたの？」

「はい。あ！　申し訳ありません！　勝手に治療をしてしまいました」

「それはいいのよ。でも今度からは事後でもいいから教えてちょうだいね」

「はい、わかりました」

「でも、そう、マッシマが呼んだのね、フフフ、それは確かに驚いたでしょうね」

「マッシマの妹が渡り熱風邪だった以外は治療途中の怪我やかすり傷ばかりでした」

「あら、渡り熱風邪を治したの？」

「はい。でもいきなり完治させるのではなく、以前アリーチェ様がやられたようにほぼ治った状態で止めました」

「よく覚えていたわね、偉いわロザリー」

そう言ってアリーチェ様は微笑みながら聖堂へと入っていく。

でも何かしら、最後に少しだけ怖い顔をしていたわ。

それから数日が過ぎたある日、上級シスターや身の回りのお世話をしていた使用人が何人か入れ替わっていた。

どうしたのかしら、それに毎日のように嫌がらせをしてきたマッシマもいなくなっていた。

そんな事があったけど、あれからの一年は本当に楽しかった。

そしてついに今日、正式な聖女として任命される。

「聖女ロザリー、これからは私に代わり国を祝福し、国王陛下や貴族と共に国民を守る事を誓いますか？」

聖堂の祭壇でアリーチェ様の前に跪《ひざまず》き、私は誓いの言葉を述べる。

「これより私が聖女を引き継ぎ、国のために働く事を誓います」

「それではサークレットを授けます」

アリーチェ様の頭から私の頭にサークレットが付け替えられたその時だった、外から白く強い光が発せられた。

何があったのかと誰もが外を見ていると、一つの影が神殿内に飛び込んできた。

それは高さ二メートルほどの真っ白なライオン。

（ロザリー、聖女になったのだな。俺にも影響が出てしまったぞ）

「え？　だれ？　誰の声？」

ライオンが入ってきた事よりも、知らない声が聞こえる方が気になるわよね。

「あ、あれは聖獣だ！　獅子《しし》の聖獣が聖女ロザリーのもとに現れたぞ！」

神官の誰かが叫んでるけど、聖獣？　この白いライオンが？　私はライオンに友達なんていないけど……ん？　見覚えのある仕草だわ。

前足で顔を洗う時に背伸びをする仕草……！

「コンティオール？」

（ああ、俺だ）

コンティオールに手を伸ばすと、コンティオールは顔を擦《こす》りつけてきた。ああ、コンティオールだ。

「おお！　聖女と聖獣が同時に誕生した！　この国は神に祝福されたのだ！」

何だか知らないけどコンティオールが聖獣になり、私の聖女としての生活が始まった。

まぁ聖女っていろいろと大変だけど、アリーチェ様の後任としてこの国をしっかりと守っていきますか！

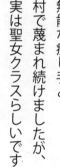

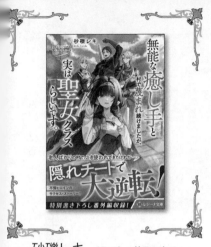

本書は、2021年9月当社より単行本として刊行されたものに書き下ろしを加えて文庫化したものです。


この作品に対する皆様のご意見・ご感想をお待ちしております。

おハガキ・お手紙は以下の宛先にお送りください。

【宛先】

〒150-6019 東京都渋谷区恵比寿4-20-3 恵比寿ｶﾞｰﾃﾞﾝﾌﾟﾚｲｽﾀﾜｰ 19F
（株）アルファポリス　書籍感想係

メールフォームでのご意見・ご感想は右のＱＲコードから、
あるいは以下のワードで検索をかけてください。

アルファポリス　書籍の感想　検索

ご感想はこちらから

レジーナ文庫

追放《ついほう》された聖女《せいじょ》が聖獣《せいじゅう》と共《とも》に荒野《こうや》を開拓《かいたく》して建国《けんこく》！

各国《かっこく》から王子《おうじ》が訪問《ほうもん》してきます。なお追放《ついほう》した国《くに》はその後《ご》……

如月《きさらぎ》ぐるぐる

2024年2月20日初版発行

文庫編集－斧木悠子・森 順子
編集長－倉持真理
発行者－梶本雄介
発行所－株式会社アルファポリス
〒150-6019 東京都渋谷区恵比寿4-20-3 恵比寿ｶﾞｰﾃﾞﾝﾌﾟﾚｲｽﾀﾜｰ19階
TEL 03-6277-1601（営業）　03-6277-1602（編集）
URL https://www.alphapolis.co.jp/
発売元－株式会社星雲社（共同出版社・流通責任出版社）
〒112-0005 東京都文京区水道1-3-30
TEL 03-3868-3275
装丁・本文イラスト－ののまろ
装丁デザイン－AFTERGLOW
（レーベルフォーマットデザイン－ansyyqdesign）
印刷－中央精版印刷株式会社

価格はカバーに表示されてあります。

落丁乱丁の場合はアルファポリスまでご連絡ください。

送料は小社負担でお取り替えします。


ISBN978-4-434-33449-8 C0193